古典詩歌研究彙刊

第二四輯

龔鵬程 主編

第 7 冊

史達祖詠物詞研究（下）

呂怡倫 著

國家圖書館出版品預行編目資料

史達祖詠物詞研究（下）／呂怡倫 著 ― 初版 ― 新北市：花
木蘭文化事業有限公司，2018〔民 107〕
目 2+178 面；17×24 公分
（古典詩歌研究彙刊 第二四輯：第 7 冊）
ISBN 978-986-485-444-8（精裝）
1.（宋）史達祖 2.宋詞 3.詞論
820.91   107011318

ISBN-978-986-485-444-8

9 789864 854448

古典詩歌研究彙刊
第二四輯 第七冊   ISBN：978-986-485-444-8

史達祖詠物詞研究（下）

作 者 呂怡倫
主 編 龔鵬程
總 編 輯 杜潔祥
副總編輯 楊嘉樂
編 輯 許郁翎、王筑 美術編輯 陳逸婷
出 版 花木蘭文化事業有限公司
發 行 人 高小娟
聯絡地址 235 新北市中和區中安街七二號十三樓
           電話：02-2923-1455／傳真：02-2923-1452
網 址 http://www.huamulan.tw 信箱 hml810518@gmail.com
印 刷 普羅文化出版廣告事業
初 版 2018 年 9 月
全書字數 234023 字
定 價 第二四輯共 9 冊（精裝）新台幣 15,000 元

史達祖詠物詞研究（下）

呂怡倫　著

目

次

第五章　史達祖詠物詞之藝術表現

　　黃永武在《中國詩學〈設計篇〉》一書中說道：「聽到一首快耳炙心的曲子，感到弦外還有裊裊的餘音，它才是真好的樂章；看到一幅山水景物的圖畫，感到周圍尚有無限的境地，它才是絕妙的畫面。詩文也是一樣，必須在言外有耐人尋繹的飽滿情趣，才是一篇有深度有神韻的傑作。」〔註1〕，一首詠物詞如果能具有在筆墨之外搖曳的風神與韻味，就能創造出餘情無限的世界，而要產生風神與韻味，就必須仰賴作者筆墨之內的技巧。詞人創作詠物詞時，其匠心與技巧能使文字化為情感的載體，使整首詞具有獨特性與深度、神韻。本章就意象經營、章法結構安排、修辭技巧三方面，來歸納分析史達祖詠物詞之藝術表現，藉以觀察其筆墨之用心與思力安排之工。

第一節　意象經營

　　最早使用「意象」一詞的，目前看來要算東漢王充《論衡·亂龍篇》〔註2〕，而最早從文藝創作的角度談到「意象」此一美學概念的

〔註1〕黃永武著：《中國詩學〈設計篇〉》（臺北市：巨流圖書股份有限公司，2009年9月），頁197。

〔註2〕王充在《論衡·亂龍》中說：「夫畫布為熊麋之象，名布為侯，禮貴意象，示義取名。」。見東漢·王充著：《論衡（中）》（臺北市：臺灣古籍出版社，1997年8月），頁1115。

人，是南朝梁的劉勰，〔註3〕他在《文心雕龍‧神思》篇中曰：

> 使玄解之宰，尋聲律而定墨；獨照之匠，窺意象而運
> 斤：此蓋馭文之首術，謀篇之大端。〔註4〕

劉勰所謂「意象」即是意念中的形象，作家在下筆之前，腦中會先有清楚的形象，再依據此形象來創作，因此意象是創作的關鍵。嚴雲受在闡釋〈神思〉中的意象時認為，意象並非一般的事物表象，它是在飽含情感的想像中孕育成形的，作家再以客觀物象為素材，運用語言將意象物態化，並且滲融入主體情意；意象告別了「象」的原生形態，已經過主體的營構，它的出現、存在，標誌著構思已進入成形階段，所以心物交融的結晶品就是意象。〔註5〕

到了唐代，一些詩學論著已經比較多地使用「意象」這一術語，如王昌齡《詩格》云：

> 詩有三思：一曰生思，二曰感思，三曰取思。生思一，
> 久用精思，未契意象，力疲智竭，放安神思。心偶照境，
> 率然而生。感思二，尋味前言，吟諷古制，感而生思。取
> 思三，搜求於象，心入於境，神會於物，因心而得。〔註6〕

談到詩歌創作的三種情況，其中第一種情況強調了意契於象的重要，如果意、象未契，即使付出苦心至筋疲力盡，也寫不出來；第二種情況說明了尋味、借鑑前人的作品就能得到創作靈感；而第三種情況則指心可在萬千的物象中選擇、剪裁，「意象」就產生於心物相融之際，從而能創造出情景交融的詩境。

又如唐司空圖也提出「意象」之說，《詩品‧縝密》云：

〔註3〕參見李元洛著：《詩美學》（臺北市：東大圖書股份有限公司，2007年7月），頁136～137。

〔註4〕梁‧劉勰著：《文心雕龍‧神思》，參見周振甫注：《文心雕龍注釋》（臺北市：里仁書局，1994年7月），頁433。

〔註5〕參見嚴雲受著：《詩詞意象的魅力》（合肥：安徽教育出版社，2003年2月），頁19～20。

〔註6〕張伯偉：《全唐五代詩格匯考》（南京：江蘇古籍出版社，2002年2月），頁173。

　　　　是有眞迹，如不可知。意象欲出，造化以奇。〔註7〕

此處所言的「意象」類似劉勰提出的「意中之象」，是指「已在構思中成形的滲透、貫注著主體情意的象」〔註8〕，司空圖認爲它在化爲具體的文字之前是難以捕捉的，但當它將呈現出來時，連造化也會感到很驚奇，此種說法，亦是對意象在詩歌創作方面重要性的肯定。劉勰和司空圖雖都提出了意象這個概念，卻沒有更進一步說明意象的涵義。

　　意象的涵義爲何？袁行霈從意象和物象之間的關係來闡述客觀的物象是意象賴以存在的要素：

　　　　物象一旦進入詩人的構思，就帶上了詩人主觀的色彩。這時它要受到兩方面的加工：一方面，經過詩人審美經驗的淘洗與篩選，以符合詩人的美學理想和美學趣味；另一方面，又經過詩人思想感情的化合與點染，滲入詩人的人格和情趣。經過這兩方面加工的物象進入詩中就是意象。詩人的審美經驗和人格情趣，即是意象中那個意的內容。因此可以說，意象是融入了主觀情意的客觀物象，或者是借助客觀物象表現出來的主觀情意。〔註9〕

由上述說法可知，意象的「意」就是詩人的審美經驗、人格情趣，「象」就是客觀的物象，主觀的「意」與客觀「象」交融就形成了意象。然而詩人的主觀情意是無形的，必須化爲具體可感的形象，陳慶輝認爲：

　　　　古人重意，講求「意在筆先」，但落筆處卻不著一字，而是化虛爲實、使情成體。所謂「實」、「體」，就是我們所說的詩歌意象。推而言之，意象乃物化的情思。如果我們

〔註7〕唐・司空圖著：《二十四詩品》（臺北市：金楓出版有限公司，1987年6月），頁83。

〔註8〕參見嚴雲受著：《詩詞意象的魅力》（合肥：安徽教育出版社，2003年2月），頁19～20。

〔註9〕袁行霈著：《中國詩歌藝術研究》（臺北市：五南圖書出版公司，1989年5月），頁61。

把情思、感受、心境等理解爲「意」，那麼意象可稱爲「意
之象」。……詩人著筆之處是具體的可感的景物，而傳達的
則是詩人獨特的情感和心境。……對於心境和情感來說，
意象就是一種載體、一種形象、一個過渡。〔註10〕

其所言「意象乃物化的情思」，可見意象在文學創作的作用就是化虛
爲實、使情成體。

　　作品的題材與主題是密不可分的，而意象問題正是關涉到題材
與主題的關係，詠物時爲了能表達自己抽象的情思及符合自己的審
美情趣，意象的經營就顯得十分重要；而意象的拼合與安排，可以
留給讀者許多想像空間，且引起共鳴，進行再創造，作品也就餘韻
無窮了。歐麗娟在《杜甫詩之意象研究》中指出，一個意象在作品
中重複出現，能持續代表作者某一特定的情志，也能隨著作者生命
境界或感受的轉變，而有不同的象徵。〔註11〕因此，一位作家對意
象的選擇必有自己主意緒的抒發，一種意象往往能傳遞出特定的情
感，從而產生言近旨遠的效果。以下探討史達祖詠物詞中所重複使
用的四大意象，可見「一象多意」的情形。

一、月意象

　　《周易・繫辭下傳》所云：「仰則觀象於天，俯則觀法於地，觀
鳥獸之文與地之宜，近取諸身，遠取諸物。」〔註12〕道出了人們傳統
的觀物方式，而在「仰天觀象」、「遠取諸物」的思維之下，自然現象
便可與社會現象作連結。月與人的空間距離雖遠，但月所具有的盈虧
變化與明亮的光輝容易引起人心之動，人們喜歡對月抒懷，因此月意
象時常出現在中國古典詩詞作品之中。

〔註10〕陳慶輝著：《中國詩學》（臺北市：文史哲出版社，1994年12月），
　　　　頁64～66。
〔註11〕歐麗娟著：《杜甫詩之意象研究》，收於《古典詩歌研究彙刊第三輯
　　　　（第六冊）》（臺北縣：花木蘭文化出版社，2008年3月），頁19。
〔註12〕周振甫譯注：《周易譯注》（臺北市：五南圖書出版有限公司，1999
　　　　年2月），頁443。

《詩經》的〈陳風・月出〉篇是詩歌史上最早出現月意象的作品：

> 月出皎兮，佼人僚兮。舒窈糾兮，勞心悄兮。　月出皓兮，佼人懰兮。舒懮受兮，勞心慅兮。　月出照兮，佼人燎兮。舒夭紹兮，勞心慘兮。〔註13〕

這是一首以一唱三嘆的方式寫成的月下懷人的詩，由月的皎潔興發對於美人的思念，情感的表達純樸而直率。

杜甫的〈月夜〉詩寫道：

> 今夜鄜州月，閨中只獨看。遙憐小兒女，未解憶長安。香霧雲鬟濕，清輝玉臂寒。何時倚虛幌，雙照淚痕乾？
> 〔註14〕

詩人與妻兒分隔兩地，清冷的月光引起詩人滿腔的思念與悲戚之情。

蘇軾的〈水調歌頭〉詞中云：

> 明月幾時有，把酒問青天。不知天上宮闕，今夕是何年。我欲乘風歸去，又恐瓊樓玉宇，高處不勝寒。起舞弄清影，何似在人間。　轉朱閣，低綺戶，照無眠。不應有恨，何事長向別時圓。人有悲歡離合，月有陰晴圓缺，此事古難全。但願人長久，千里共嬋娟。〔註15〕

詞人將自己的思想感情移之明月，藉以自喻清高，並藉圓月來襯托離別，更闡釋了人生哲理，抒發曠達情懷。

　　靜謐的月亮在黑夜之中，散發出清亮的光芒，當人們抬頭望天，月亮的陰晴圓缺便成為視覺的焦點，帶給作家靈感，容易觸動他們的感懷，成為情感寄託的對象。一般而言，取月為象者，以表哀情居多，常從幾個角度來切入：月光皎潔，因此象徵純潔與高潔；明月高懸，

〔註13〕屈萬里選注：《詩經選注》（臺北縣：正中書局股份有限公司，2001年10月），頁125。

〔註14〕清・聖祖御定：《全唐詩（四）》（臺北市：文史哲出版社，1978年12月），卷224，頁2403。

〔註15〕唐圭璋編纂：《全宋詞（一）》（北京：中華書局，2005年1月），頁360。

為地上的人們所共見，又屬性陰柔，最宜傳達相思之情；月的圓缺常用以象徵人事的聚散；涼白的月色，易於營造冷清淒涼的氣氛；月之長存，能用來泛指世上所有永恆的事物；明月能隨人移動，容易使人倍感親切；月的遙遠與難以企及，能用以傳達可望而不可及的苦惱。〔註16〕然而月意象的使用在史達祖的詠物詞中並非只侷限於這些方式。

　　史達祖二十六首詠物詞中，就有十四首使用了月意象。其中有以「明月」為意象，表達閒適的情致，如：

　　　總多因、水村攜酒，烟墅留展，更時帶、明月同來，
與花為表德。（〈醉公子·詠梅寄南湖先生〉）

明月只是詞人所喜愛的物，其意象是被動的，詞人拉近與天上明月之間的距離，以帶著明月同來，來表達自己喜愛賞梅的雅興，明亮的月光與梅花之嬌美、高雅相襯，對詞人而言，月下賞梅乃人生之樂事。

　　史氏詠物詞中或有將月意象人格化，如：

　　　漢江側。月弄仙人佩色。含情久，搖曳楚衣，天水空濛染嬌碧。文漪簟影織。涼骨時將粉飾。誰曾見，羅襪去時，點點波間冷雲積。　　相思舊飛鶂。漫想像風裳，追恨瑤席。涉江幾度和愁摘。記雪映雙腕，刺縈絲縷，分開綠蓋素袂濕。放新句吹入。（〈蘭陵王·南湖以碧蓮見寄，次韵謝之〉）

「仙人」指的是鄭交甫所遇到的衣服繫有兩珠的女子，月光戲弄著二女身上的裝飾物，以「弄」字可呈現出兩珠被月光所照時而閃耀著光輝的情狀，藉鄭交甫的奇遇與月色來營造神秘的氣氛，可見詞人特出的想像。而月是美的象徵，〔註17〕詞人將月與仙人的聯繫，創造了月

〔註16〕參見仇小屏著：《篇章意象論：以古典詩詞為考察範圍》（臺北市：萬卷樓圖書股份有限公司，2006 年 10 月），頁 230～231。

〔註17〕嚴雲受分析月亮意象常見的用法時提到：「月是美的象徵。《詩經》〈陳風·日出〉最先以明月喻佳人，其後，宋玉〈神女賦〉寫神女之美，也用明月來形容：『其少進也，皎若明月舒其光。』月與佳人，構成了同性相配的穩定的聯繫。」見嚴雲受著：《詩詞意象的魅力》（合肥：安徽教育出版社，2003 年 2 月），頁 152。

下佳人的意境，以顯出荷花與採荷女子超脫塵俗之美。

　　史達祖詠物詞中的月意象不僅只有光亮的面向而已，能由視覺擴大至溫度、觸覺的感受，詞人感物的感官基點便有不同的變化。月本無涼、冷之性，「涼月」、「冷月」是「感覺描摹性」的月意象，許興寶認為：

> 「感覺描摹」是以主觀感覺為內驅力，給月亮貼上不同感情色彩的修飾性和可感性膜網，膜網包裹下的月意象已在作者心中經過重鑄，讀者所領受到的月意象已非原本的物象。〔註18〕

叫見出現冷基調的月意象乃詞人移入主觀感覺所致。

　　如：

> 夜深綠霧侵涼月，照晶晶、花葉分明。(〈風入松·茉莉花〉)

用「綠霧」與「涼月」的意象，表達秋天夜深之時，一片霧氣瀰漫，「侵」字寫出涼意逼近，更突出了涼澈亮潔的月光，在朦朧的夜色中，使茉莉花色度更為明亮。「涼月」的溫度與亮度，可以強調茉莉花的潔白。再如：

> 夢回虛白初生，便疑冷月通窗戶。不知夜久，都無人見，玉妃起舞。(〈龍吟曲·雪〉)

深夜夢醒之時，屋外銀白的雪景，讓詞人以為是清冷的月光照進窗戶。冷月的光輝與雪地的冰瑩潔白、冷月的溫度與雪的溫度是相似的，因此在夢醒了、思緒尚未清晰之時，詞人用「疑」字來連接「虛白」與「冷月」兩個意象，以描寫寒冷的氣息。

　　文人寫月常與嫦娥合而為一，表達的是閨怨與鄉思，然而史達祖詠物詞中展現的卻是滿腔欲收復故土的豪情：

> 萬水歸陰，故潮信，盈虛因月。偏只到、涼秋半破，鬥成雙絕。有物揩磨金鏡淨，何人拿攫銀河決。想子胥、

〔註18〕許興寶著：《宋詞的文學質性研究》（四川：巴蜀書社，2009 年 11月），頁 384。

今夜見嫦娥，沉冤雪。(〈滿江紅‧中秋夜潮〉)

「金鏡」指的就是月，「金鏡」與「嫦娥」在詞人眼中都是正義的代表。中秋澄圓的滿月就如同被揩磨得十分明淨的鏡子一樣，鏡子可以清楚的照現出事物，因此詞中的月意象是一面可以讓一切的眞相大白、一切冤屈得以昭雪的明鏡；皎潔的月光可以穿透一切，投降派的儒弱在月光照射之下，可說無所遁形，而詞人則豪邁的剖白了自己的心志。

月是團圓的象徵，常帶給在外的遊子無法與親人團聚的遺憾，且更容易引發人們的愁思與憾恨，史氏詠物詞中有以月意象來點染場景，抒發自己懷才不遇、落寞的愁思：

纖手靜，七星明。有新聲、應更魂驚。夢回人世，寥
寥夜月，空照天津。(〈夜合花‧賦笛〉)

此處的月意象創造出孤寂悲涼的氛圍，笛聲靜默之後，只剩寂寥的夜月照在天津橋上。嚴雲受說：「有些詩人把月意象與音樂意象組接，在這樣的意境中，瀰漫的銀輝與流淌的樂聲相互增色，更有感染力。」〔註19〕，史達祖此詞中月意象與笛聲的意象組接，使其感染力更爲強烈，從聽覺到視覺都被孤獨與感慨圍繞；而「空」字更突顯了繁華之夢醒來後的一無所有。天上靜謐的月亮不僅照在橋上，也照在詞人的心靈，因此能挖掘出詞人心中更深沉的痛苦。再如詠月詞〈月當廳〉：

白璧舊帶秦城夢，因誰拜下，楊柳樓心。正是夜分，
魚鑰不動香深。時有露螢自招颭，風裳可喜影麩金。坐來
久，都將涼意，盡付沈吟。　　殘雲事緒無人拾，恨匆匆、
藥娥歸去難尋。綴取霧窗，曾唱幾拍清音。猶有老來印愁
處，冷光應念雪翻簪。空獨對，西風緊，弄一井桐陰。

「白璧」借指月亮，在這首詞中，月是詞人表達幽微曲折情感的媒介，因爲詞人有所思，獨自在月下而能欣賞到「時有露螢自招颭，風裳可

〔註19〕嚴雲受著：《詩詞意象的魅力》(合肥：安徽教育出版社，2003 年 2
月)，頁 148。

喜影麩金。」這樣清麗的美景。「白璧」、「殘雲」、「藥娥」的意象拼合，象徵的是詞人孤寂無依之感。在詞的下片，詞人揉入了歲月飛逝的感嘆，因此說「冷光應念雪翻簪」，「冷光」與「雪」的意象都在於表達年華老去之愁，詞人之所以感到月光的「冷」，除了當時已是「夜分」而有涼意之外，心的「冷」也是一項因素，而心「冷」則是因為想到自己被貶逐的不幸遭遇及目前孤獨的處境，這是一種無可奈何的心情，只好以「空獨對，西風緊，弄一井桐陰。」的哀嘆作結。詞人在宦海中浮沉，是非成敗都在一瞬間，歲月無情的流逝，而明月當廳，永恆的照著大地，看盡了人世間的興衰，使詞人不禁對月寄託自己的感慨與哀傷，由此可以得到心靈上的補償與寬慰。

〈瑞鶴仙‧紅梅〉則是以月為純潔、高潔的象徵：

> 嬌媚。春風模樣，霜月心腸，瘦來肌體。

詞中寫紅梅的外表嬌豔，枝幹瘦弱，其心地與本質似霜夜中的寒月，散發皎潔的光芒又無懼風霜，在詞人眼中紅梅就如同霜月一般高潔、勇敢。

二、水意象

水是與人類的生活關係最為密切的物質，進入到文學領域，成為審美觀照的物象之後，在與不同的意象、題材相結合之下，往往使水意象展現出多樣化的形態。

水意象能豐富詞人的想像，拓展詞的藝術空間，從「南方文學」與詞人創作心理的角度來看，可以瞭解水與宋詞結下不解之緣的原因：首先，詞中頻繁出現「水」的意象群，就說明了詞的地域色彩是偏於「南方型」的。而唐宋婉約詞從文學的繼承性來看，主要繼承著《楚辭》、南朝民歌和南朝文人詩等前代「南方文學」的傳統，其題材多描寫男女戀情，其風格偏向婉轉柔美；從「產地」來看，唐宋婉約詞大多在南方，如北宋雖是建都開封，但創作與傳播離不開蘇、杭，而南宋詞壇就以杭州為中心；從作者來看，兩宋詞人之中，南方人為

多，佔了百分之八十二點六。南方文學勢力活躍使詞壇具有濃厚的南方色彩。而南方地貌的特色是多水，因而水意象對於詞人而言，可謂就地取材。其次，爲了表現柔性的心態，詞人偏於選擇有關於水的意象群來組景。〔註20〕總而言之，水意象大量的出現在宋詞之中，主觀方面是基於詞人抒發柔婉情思的需要，客觀方面則是南方文學特性與南方地域特色的反映。

史達祖原籍汴（今河南開封），寓居杭州，創作活動主要都在杭州，而江南多水，風光旖旎，使史氏喜好用水的意象群來組合詞境，〔註21〕其詠物詞中就有十二首使用了水意象。

其中有以柔性的水來映現兒女之情，承載傷離意緒：

> 故人溪上，挂愁無奈，烟梢月樹。一涓春水點黃昏，
> 便沒頓、相思處。（〈留春令・詠梅花〉）

在涓涓溪水之中，瀰漫著詞人與愛人死別的無限深愁。溪水與梅花交織的景色是美麗的，然而在這幽靜的黃昏時刻，更顯出自己的孤單，因此「一涓春水」寄寓著詞人無盡的相思之情。再如：

> 柳枝巷陌深朱戶。牆外風流一樹。十五年來凝佇。彈
> 盡胭脂雨。（〈桃源憶故人・賦桃花〉）

詞人靜靜的回想十五年來的往事，與歌妓之間的感情難以忘懷，飄落的桃花花瓣看似紅雨，是詞人悽婉欲絕的相思淚。

以水意象來狀愁者，如：

〔註20〕參見楊海明著：《唐宋詞主題探索》（高雄市：麗文文化事業股份有限公司，1995 年 10 月），頁 35～40。

〔註21〕關於水的意象，本文不侷限在「水」，而是擴及包含以水爲中心的意象群體，如此一來可以更清楚的瞭解史達祖如何以水的意象來建構詞境。楊海明認爲：「『水』的意象群體大致可以分爲以下幾類：一是天上的『水』，即雨。二是地上的『水』，即江河湖海及波浪。三是水上的交通工具及建築物，如船、帆、橋、岸、驛亭、渡口等。四是水上及水邊植物，如荷、蓮、菡萏、水蓼、江花、浮萍、藕菱、楊柳、蒹葭等。五是水中的動物，如鴛鴦、白鷺、海鷗、游魚等。」。見楊海明著：《唐宋詞主題探索》（高雄市：麗文文化事業股份有限公司，1995 年 10 月），頁 33～34。

> 香迷蝴蝶飛時路。雪在秋千來往處。黃昏著了素衣裳，
> 深閉重門聽夜雨。(〈玉樓春・賦梨花〉)

此首詞將梨花寫成一位含愁的美人，無人賞識自己的美麗，使美人
更覺寂寞，因而「深閉重門聽夜雨」，孤單在夜晚的雨聲烘托之下
更加無所遁形，淅淅瀝瀝的雨聲，如泣如訴，彷彿是美人傾訴自己
的哀愁。

以水意象來表達對「逝者如斯」的人生哲理的思索，如：

> 臨斷岸、新綠生時，是落紅、帶愁流處。(〈綺羅香・
> 春雨〉)

雨後新漲的春水，沖盪落花帶著春愁漂流而去。水不斷的向前流動，
而時光也不斷的向前推移，水之流成了時間之流，「新綠」生時，也
是「落紅」逝去之時，生命在時間之流中生長、消逝，因此引發了詞
人對人生短促的體悟及慨嘆。

以水意象來點化出烟水濛濛的空間，如：

> 似紅如白含芳意。錦宮外、烟輕雨細。燕子不知愁，
> 驚墮黃昏淚。(〈海棠春令〉)

「烟輕雨細」用以形容細雨濛濛的天氣，「輕」、「細」兩個形容詞寫
出綿綿細雨紛飛輕盈的美感，與宮中女子憂愁之「重」，恰成強烈對
比，此詞中將煙雨迷離的地理空間轉化為心理空間，正適合襯托女子
心中幽微的情思。

而如果詞中的意境多水，就可以增加詞的婉約情致，如：

> 做冷欺花，將烟困柳，千里偷催春暮。盡日冥迷，愁
> 裡欲飛還住。驚粉重、蝶宿西園，喜泥潤，燕歸南浦。最
> 妙他、佳約風流，鈿車不到杜陵路。　　沉沉江上望極，
> 還被春潮晚急，難尋官渡。隱約遙峰，和淚謝娘眉嫵。臨
> 斷岸、新綠生時，是落紅、帶愁流處。記當日、門掩梨花，
> 剪燈深夜語。(〈綺羅香・春雨〉)

詞中營造出春雨中迷茫淒冷的氣氛，春雨延伸而出的無垠空間，雖是
開闊的，但卻籠罩著陰鬱的氣息，也因此使人們都被春雨所「困」。

如佳人被困而「鈿車不到杜陵路」，無法和情人相聚；詞人被困而「難尋官渡」，回鄉之路有所阻礙。詞人與佳人的遭遇不同，心境亦不同，唯一相同的是在此空間中被牽引而出的無奈之感。再如：

> 漢江側。月弄仙人佩色。含情久，搖曳楚衣，天水空濛染嬌碧。文漪簟影織。涼骨時將粉飾。誰曾見，羅襪去時，點點波間冷雲積。　　相思舊飛鷁。漫想像風裳，追恨瑤席。涉江幾度和愁摘。記雪映雙腕，刺縈絲縷，分開綠蓋素袂濕。放新句吹入。　　寂寂。意猶昔。念淨社因緣，天許相見。飄蕭羽扇搖團白。屢側臥尋夢，倚闌無力。風標公子，欲下處、似認得。(〈蘭陵王‧南湖以碧蓮見寄，次韻謝之〉)

詞人用密集的水意象群來建構烟水迷離的詞境，如：「漢江」、「波間」、形容煙嵐雨霧迷茫的「天水空濛」、形容富變化波紋的「文漪」及「簟影」、指水上植物荷花之梗的「涼骨」、指荷花葉子的「綠蓋」、指水上交通工具畫船的「飛鷁」、指水上動作的「涉江」、指生活在水邊的鷺鷥的「風標公子」，這些水意象的組合能鋪陳荷花生長的環境，呈現出迷人的水鄉景致。

水意象不只能展現柔情，亦能展現豪情，如：

> 萬水歸陰，故潮信，盈虛因月。偏只到、涼秋半破，鬥成雙絕。有物揩磨金鏡淨，何人拿攫銀河決。想子胥、今夜見嫦娥，沉冤雪。　　光直下，蛟龍穴。聲直上，蟾蜍窟。對望中天地，洞然如刷。激氣已能驅粉黛，舉杯便可吞吳越。待明朝、說似與兒曹，心應折。(〈滿江紅‧中秋夜潮〉)

此詞所詠的錢塘江潮，一變水柔弱的面貌，而以強烈的力道沖激出詞人欲收復故土的豪情。「萬水歸陰」即是在為中秋夜潮的壯麗景象作準備，待時機一到，必定能以宏偉的氣勢懾人心魄；潮水的聲音能直入月宮，波瀾壯闊直達天際，這般的激氣就如同詞人無所畏懼的勇氣，因此水意象是詞人勇氣的象徵。

三、夢意象

　　夢是人類具有的獨特精神現象，夢的產生基於現實生活中無法實現的願望，〔註22〕故夢能表現出一個人的思想，並藉由幻覺經驗來得到實現的滿足。而夢與文學創作具有緊密的關係，作家常將自己的思緒抽離現實，藉由抒寫夢來宣洩情感，以文字建構出神祕虛幻的夢中世界。夢意象可反映人內心的隱秘，王立從意象史的角度來分析夢意象於文學作品的重要性，他指出：

　　　　夢意象是一種可生成信息的信息，它首先可為創作主體提供紛繁多彩的意象材料，這些意象可超時空之隔，越死生之限，隨意不拘的寄寓人的真摯深沉的情感，多方面的吐露其理想願望。其次，夢意象可發揮其獨到的專長，將仙凡、人世與天堂冥界、文學與宗教意識溝通，從而構築一個如幻如煙的、如飛花細雨的意境氛圍，夢思的無序化與不確定性，給抒情性作品帶來了更多迷離朦朧的含蓄之美。〔註23〕

由於夢意象能帶來迷離惝怳的美感，正適合詞體用以抒情，詞人取夢為象，能釋放在現實中壓抑的心靈，並表現出個人特有的生命體驗。

　　史達祖的詠物詞中有十二首使用了夢意象。其中有以夢意象來寄託相思之情，表現對愛人的深切思念，如〈換巢鸞鳳·梅意〉：

　　　　人若梅嬌。正愁橫斷塢，夢繞溪橋。倚風融漢粉，坐月怨秦簫。相思因甚到纖腰。定知我今，無魂可銷。佳期晚，謾幾度、淚痕相照。　　人悄。天渺渺。花外語香，時透郎懷抱。暗握荑苗，乍嘗櫻顆，猶恨侵階芳草。天念王昌忒多情，換巢鸞鳳教偕老，溫柔鄉，醉芙蓉、一帳春曉。

〔註22〕佛洛伊德認為夢的本質是「願望的滿足」。相關論述參見佛洛伊德著、呂俊等譯：《夢的解析》（臺北市：知書房出版社，2006年9月），頁99～107。

〔註23〕王立：〈略論夢與中國古代文學〉，《貴州社會科學》，1999年第4期，頁76。

詞中如真似幻的夢境，是詞人心中深刻的愛情回憶。詞人先看到梅花，因而想起過世的愛人，「人若梅嬌。正愁橫斷塢，夢繞溪橋。」，在夢中他回到兩人曾經約會的地方，那美色迷人的幻境，使他希望能親密共枕、白頭偕老，因此說「溫柔鄉，醉芙蓉、一帳春曉。」，夢能超越生死與時空，雖然愛人已不在身邊，詞人藉由夢為兩人創造出再次相聚的機會，以補現實中的遺憾。再如〈留春令‧詠梅花〉：

> 故人溪上，挂愁無奈，烟梢月樹。一涓春水點黃昏，便沒頓、相思處。　曾把芳心深相許。故夢勞詩苦。聞說東風亦多情，被竹外，香留住。

詞人在魂牽夢縈之中，念念不忘愛人的真情，透過夢來追憶與愛人共有的美好時光，可見詞人對愛情的執著與用情之深。

在詞人心中，紅梅是已故愛人的化身：

> 嬌媚。春風模樣，霜月心腸，瘦來肌體。孤香細細。吹夢到，杏花底。被高樓橫管，一生驚斷，卻對南枝灑淚。
> （〈瑞鶴仙‧紅梅〉）

紅梅的幽香在夢中被風吹送，然而這樣的香氣畢竟是在夢中才能聞到，認清失去愛人的事實之後，「灑淚」是詞人真誠的情緒反應。夢境的虛幻讓詞人面對在現實生活裡，無法擁抱愛人的遺憾。

朦朧的夢境裡，輕盈的蝴蝶為詞人引路，來到愛人曾經遁入空門的劉寺：

> 夜寒幽夢飛來，小梅影下東風曉。蝶魂未冷，吾身良是，悠然一笑。竹杖敲苔，布鞋踏凍，歲常先到。傍蒼林卻恨。儲風養月，須我輩、新詩吊。（〈龍吟曲‧問梅劉寺〉）

詞人走愛人曾走過的路，是對她的追念，重遊舊地，內心似乎能獲得些許的安慰。

夢意象的虛無縹緲，為詞的浪漫色彩增色；而詞人在夢中能再次的體驗濃情蜜意，雖然最終仍是要面對失去愛人之痛，但透過想像，故去的愛人回到身邊，對詞人而言可以撫慰心靈，是情感的宣洩，亦是對傷痛的治療。

以夢意象來表達對國家前途的憂慮，如：

> 洛神一醉未醒。俯鑒窺紅影。萬綠森香衛，西風靜，
> 不放冷。侵曉鷗夢穩。非塵境。棹月香千頃，錦機靚。(〈隔
> 浦蓮・荷花〉)

在西湖上遊樂的人只知做著閒適快樂的夢，脫離了現實，而忘記目前
國家的處境，詞人認為國家表面看來太平，其實危機四伏，他清楚的
知道夢中的歡樂並非是現實世界，可見沉醉在「鷗夢」中的人與清醒
的詞人形成強烈的對比。

以夢意象來表達孤寂與對友人的追憶，如：

> 夢回人世，寥寥夜月，空照天津。(〈夜合花・賦笛〉)

詞人曾經受到韓侂胄的提拔而風光一時，然而韓氏被殺之後，昔日「權
炙縉紳」、「士大夫皆趨其門」的日子不再，繁華之夢已醒，回到人世
之後，詞人心中有無比的惆悵與感傷。

透過夢意象能傳達出女子嬌弱的情態與心中的愁思，如：

> 燭花偏在紅簾底。想人怕、春寒正睡。夢著玉環嬌，
> 又被東風醉。(〈海棠春令〉)

宮中女子因不得幸而感到哀怨，在她的夢中，醉酒的楊貴妃是如此嬌
美，這令她十分羨慕，她希望自己也能如楊貴妃一般得到寵幸。再如
〈蘭陵王・南湖以碧蓮見寄，次韵謝之〉：

> 飄蕭羽扇搖團白。屢側臥尋夢，倚闌無力。

女子手持羽扇，風吹秀髮飄動，搖扇之際，可見清秀、白淨的臉龐，
「屢側臥尋夢，倚闌無力。」塑造出女子嬌媚軟弱、我見猶憐的形象，
而她時常橫臥尋覓舊夢，心中也許藏著不為人知的愁。

夢能使人抽離現實，因此可用以寄託心靈的超拔及遠離俗世的思
想，如：

> 我是有詩漁父，一夢秦天古。(〈桃源憶故人・賦桃花〉)

懷才不遇、仕途坎坷的悲憤，與愛人生離死別的痛苦，歲月飛逝、一
無所有的淒涼，都使詞人產生了消極避世的念頭，希望能遠離塵囂與
人世間的種種不幸，如武陵漁父一樣能進入到沒有憂愁的桃花源，這

樣的「夢」，是詞人爲自己苦悶的心靈尋找出口、解脫的方式。

四、酒意象

杜甫在〈飲中八仙歌〉詩中云：「李白斗酒詩百篇」〔註24〕，晏殊在〈浣溪紗〉詞中云：「一曲新詞酒一杯」〔註25〕，蘇軾在〈和陶飲酒二十首〉其三詩中則云：「俯仰各有態，得酒詩自成」〔註26〕，可見酒與文學創作的關係是極爲密切的。飲酒之後，無論是醺、酣、醉的狀態，都可以使人徹底放鬆，暫時擺脫世俗的羈絆，進入到忘我的境界及激動興奮的狀態，因此釋放出內心深層的情感，同時也活躍了思維，清劉熙載在〈詩概〉中曾說：「詩善醉，醉中語亦有醒時道不到者。蓋其天機之發，不可思議也。」〔註27〕，酒能增強豪氣與膽魄，並且激發作家特別的寫作靈感，因此藉酒以痛快、直率的宣洩是許多作家選擇表達抒情的方式。

宋代的造酒行業發達，釀造技術也十分普及；酒類的名目繁多，有官釀黃封之類，也有民釀玉厄之屬；且無論是帝王、權貴、文人、百姓，豪飲嗜酒的風氣很盛，因此酒對宋人的精神生活或多或少都有影響。〔註28〕宋人講究仔細品味飲酒的雅趣，在思考、咀嚼人生之際，尋求美的享受和悲哀的解脫，因此詞人在酒與創作所構築的天地之中，調節情感，消釋苦悶，在觥籌交錯之間，折射出自我的歡樂或世事的滄桑。

〔註24〕 清・聖祖御定：《全唐詩（四）》（臺北市：文史哲出版社，1978 年 12 月），卷 216，頁 2259。

〔註25〕 唐圭璋編纂：《全宋詞（一）》（北京：中華書局，2005 年 1 月），頁 112。

〔註26〕 北京大學古文獻研究所編：《全宋詩（十四）》（北京：北京大學出版社，1993 年 9 月），卷 818，頁 9467。

〔註27〕 清・劉熙載著：《藝概》（臺北市：金楓出版有限公司，1986 年 12 月），頁 112。

〔註28〕 參見梁建民：〈蘇軾與宋代酒文化〉，《西北大學學報（哲學社會科學版）》，1995 年第 3 期，頁 73～74。

　　史達祖詠物詞中使用酒意象的有十首，且常使用「醉」字，可見酒亦是史氏所喜愛的一個審美意象。其中有藉酒以怡情助興，如：

> 想玉照堂前、樹三百。雁翅霜輕，鳳羽寒深，誰護春色？詩鬢白。總多因、水村攜酒，烟墅留屐，更時帶、明月同來，與花爲表德。(〈醉公子・詠梅寄南湖先生〉)

詞人賞梅，以如雁張翅、如鳳凰的羽毛來描寫梅花花瓣；而月下賞梅，飲酒作樂，別有一番情趣，詞人以「水村攜酒，烟墅留屐」表達自己賞梅之時，就如漁夫、樵子一般，有安然自在的心情，在美景、酒之間流連，是一種享受，這展現出騷人墨客的風雅。

　　又如以酒來抒發對於現實的無奈與懷念故人之情：

> 當時低度西鄰。天淡闌干欲暮，曾賦高情。了期老矣，不堪婪酒重聽。(〈夜合花・賦笛〉)

向秀曾在聽聞笛聲之後寫下〈思舊賦〉來懷念故人，詞人以向秀自喻，聽到笛聲除了引起悼念故人的悲傷，更感傷自己已年華老去，滿腔的悲憤使詞人已無法承受在困於酒之際再次聽到如此哀怨的笛聲。而對歲月的流逝與落魄的處境，詞人藉酒試圖排解憂愁，然而笛聲將詞人拉回到現實，對於人生的無奈與憾恨，詞人無法忘卻，他因愁而婪酒，卻無法消愁而愁更愁，因此在此詞中酒意象象徵的是愁苦的情懷。

　　有以酒意象來表達愛情的甜蜜，如：

> 人悄。天渺渺。花外語香，時透郎懷抱。暗握葰苗，乍嘗櫻顆，猶恨侵階芳草。天念王昌忒多情，換巢鸞鳳教偕老，溫柔鄉、醉芙蓉、一帳春曉。(〈換巢鸞鳳・梅意〉)

在〈換巢鸞鳳・梅意〉中，詞人回憶與佳人的愛情，曾許下白頭偕老的心願，惟有酒才能帶領詞人在美色迷人之境，感受愛人的軟語溫存及擁抱，「醉」字表示出朦朧恍惚的意態，能使詞人暫且忘卻愛人已不在人世的事實，重返兩人世界的甜蜜。

　　酒是抒發濃厚思念之情的媒介，如：

> 愁消秀句，寒回斗酒，春心多少。(〈龍吟曲・問梅劉寺〉)

　　詞人來到所懷念的女子曾出家的劉寺，踏進她曾經住過的地方，能使詞人拼湊出關於這個女子的回憶，心中獲得些許的安慰。古人弔祭亡友會攜帶雞與酒至墓前為禮，〔註29〕「斗酒」可見詞人的悼念之意。詞人手上的醇酒浸透了濃濃的思念，然而伊人畢竟是喝不到了，此時詞人孑然一身，這無盡的感傷與悲痛，也只能在心中默默的承受。

　　同樣是佳人醉酒，卻姿態各異，如：

　　　　想人怕、春寒正睡。夢著玉環嬌，又被東風醉。(〈海棠春令〉)

被東風吹醉的海棠花，如同受寵的楊貴妃一樣，呈現出嬌媚的姿態，而宮中女子呈現的則是哀怨的姿態。貴妃之「醉」，惹人憐愛；而宮中女子之「醉」，只能顧影自憐。同樣受人喜愛的海棠與貴妃，都令宮中女子十分羨慕，使她聯想到自己無法得到寵幸的遭遇，因此無論是醉於東風還是醉於酒，她的心情都是憂鬱寂寞的。

　　又如以酒意象來呈現佳人之美：

　　　　館娃春睡起。為發妝酒暖，臉霞輕膩。冰霜一生裡。
　　厭從來冷澹，粉腮重洗。胭脂暗試。便無限、芳穠氣味。
　　向黃昏、竹外寒深，醉裡為誰偷倚？(〈瑞鶴仙·紅梅〉)

史達祖藉由詠紅梅以懷人，紅梅就是史氏所愛女子的化身。在詞人眼中，喝醉的佳人有一種嬌羞纖弱的美麗，因此當他看見顏色十分嬌豔的紅梅，便以佳人醉後的酒暈來勾勒出花的嬌美可愛。令詞人心醉的不僅是紅梅的香氣，還有那迷人的姿色，此詞中的酒可說為紅梅與佳人增添了幾分嫵媚。

　　詞人善感的心思，能先感受到國家處境的危難，因此以酒意象來象徵達官貴人的醉生夢死：

　　　　洛神一醉未醒。俯鑒窺紅影。萬綠森香衛，西風靜，
　　不放冷。侵曉鷗夢穩。非塵境。(〈隔浦蓮·荷花〉)

〔註29〕參見王步高：《梅溪詞校注》(天津：天津人民出版社，1994 年 10 月)，頁 300。

此詞以洛水女神比喻荷花，寫出荷花之美，但詞中蘊含了詞人的憂慮。「洛神一醉未醒」一句，雖說醉的是洛神，其實諷刺的是南宋的統治者與消極苟安的人，他們「一醉未醒」，因此脫離了現實，只知安穩的作夢。酒麻痹了這些人，使他們眼裡只看到一片歌舞昇平的氣象，只有詞人是理智的，他看清了現實狀況，「非塵境」三字不啻是給這些醉生夢死的人當頭棒喝，可見詞人「眾人皆醉我獨醒」的愛國情懷。

　　意象是意境的組成元素，史氏運用此四種意象來構成隱約淒迷的詞境。而此四種意象皆是屬於「現成意象」，〔註30〕亦是詞體美學中具有類型化的意象，與歷史文化傳統是有聯繫的，具有繼承前人藝術表現的原型積澱。前人曾利用這些物象成功的表達情意，「這些在歷史過程中反覆出現的藝術符號，是既成的傳達圖式，不僅運用方便，而且易於引起心靈的共鳴。」〔註31〕，詞人將這些藝術符號沿襲使用，成為了寄主觀思想感情的審美形象，再經過創新之後，與題材結合，並透過不同的意象組合、搭配方式，使這四種意象改變了原本的色調，滋生出新的意義，而具有多義性，且在幾個有限的文字中便蘊涵了千百年的歷史和文化認同，獲得了穩定性，這種穩定性可以引發讀者產生藝術想像，自然的能領會詞人的心緒。由此可見，意象的多義性與穩定性並存，為史氏詠物詞的藝術特色。

第二節　章法結構安排

　　章法是篇章修飾的方法，是組合句子成節段、組合節段成整篇的

〔註30〕從意象形成的角度來看，史氏詠物詞中使用的月、水、酒、夢四種意象是「現成意象」，陳慶輝說：「所謂現成意象，也叫習慣意象，它是由前人在審美或藝術活動中創造的、感染力和表現力都很強，而被不同時期的不同藝術家所沿用的意象。」見陳慶輝著：《中國詩學》（臺北市：文史哲出版社，1994年12月），頁76。

〔註31〕嚴雲受著：《詩詞意象的魅力》（合肥：安徽教育出版社，2003年2月），頁158。

一種組織方式，〔註32〕也就是謀篇佈局的方法。應用一種章法可形成
不同的結構類型，章法可以美化篇章，如果寫作者能善加利用章法，
組織成完善的結構，可使篇章合乎秩序、富於變化、形成聯絡，最後
達成統一和諧的境界，使讀者獲得美感的享受，〔註33〕因此章法結構
的安排對於詞章創作而言是極為重要的。以下從「距離遠近的展現
法」、「室內、室外的視野轉移法」、「空間高低的變動法」、「今昔轉移
的時間流動法」、「抽象總說與具體分述法」、「情景相副，婉轉關生
法」、「多種事物並列而異流同歸主旨法」來探討史達祖詠物詞的章法
結構安排。

一、距離遠近的展現法

所謂「距離遠近的展現法」就是記錄空間遠、近變化的章法，隨
著視線的投射將遠近距離拉開，可容納的事物就能增多。在文學作品
之中，人的視覺可如同鏡頭一般任意的伸縮，「由近而遠」的空間變
化可使景物形成清晰、模糊的對比，而「由遠而近」的空間變化可將
景物拉得更近，突出焦點。「由遠而近」與「由近而遠」相較之下是
具有特殊意義的，因為「由遠而近」的空間安排所突顯出來的焦點，
通常可衍生出其他的情意。〔註34〕

（一）由遠而近

從史氏詠物詞中所出現的「由遠而近」結構，可見他精心設計的
空間，如〈祝英臺近・薔薇〉：

綰流蘇，垂錦綬。烟外紅塵逗。莫倚莓墻，花氣釅如
酒。便愁醺醉青虬，蜿蜿無力，戲穿碎、一屏新繡。　　譚

〔註32〕參見陳滿銘〈陳序〉，收錄於仇小屏著：《文章章法論》（臺北市：萬
卷樓圖書有限公司，1998 年 11 月），頁 1。
〔註33〕參見仇小屏著：《篇章結構類型論》（臺北市：萬卷樓圖書股份有限
公司，2005 年 7 月），頁 3。
〔註34〕參見仇小屏著：《篇章結構類型論》（臺北市：萬卷樓圖書股份有限
公司，2005 年 7 月），頁 26～27。

> 懷舊。如今姚魏俱無，風標較消瘦。露點搖香，前度剪花
> 手。見郎和笑拖裙，匆匆欲去，驀忽地，挂留芳袖。

此首詞對於寫景的空間安排是由遠而近的，「綰流蘇，垂錦綬。烟外紅塵逗。」是遠景，有華麗垂飾的車馬透露出人世間的繁華。接著將視野拉近到偏僻、毫不起眼的角落，這正是薔薇生長之處。「莓墻」是薔薇的生長背景，「便愁醺醉青虬，蜿蜿無力，戲穿碎、一屏新綉。」將視線再拉近，以描寫薔薇的姿態來突出「焦點」，並強調薔薇濃郁的花香。下片「謾懷舊。如今姚魏俱無，風標較消瘦。」接續上片的焦點——薔薇而寫，說明現在是清瘦的薔薇盛開的時節，「露點搖香，前度剪花手。」再將視線拉得更近，可見到滾動的露珠與剪花佳人之手，「剪花手」正是薔薇所盼望的知音，也因此薔薇曾以「驀忽地，挂留芳袖。」來留住她。詞中所突出的焦點，那生長在荒僻角落的薔薇就是詞人自己，薔薇濃烈的花香等同於詞人卓越的才華，可見詞人透過文字所流露出能大展長才的期待與自信。

（二）由近而遠

呈現「由近而遠」結構的詠物詞如〈龍吟曲・雪〉：

> 夢回虛白初生，便疑冷月通窗戶。不知夜久，都無人
> 見，玉妃起舞。銀界回天，瓊田易地，晃然非故。想兒童
> 健意，生愁霽色，情頻在、窺簾處。　　一片樵林釣浦。
> 是天教、王維畫取。未如授簡，先將高興，收歸妙句。江
> 路梅愁，灞陵人老，又騎驢去。過章臺、記得春風乍見，
> 倚簾吹絮。

此詞利用由近而遠的結構呈現下雪之際，詞人觀景的視覺感受。開頭「夢回虛白初生，便疑冷月通窗戶。」先寫夢醒時於屋內所見虛室生白之景，接著視線望向屋外一片銀白的雪景，「銀界回天，瓊田易地，晃然非故。」扣緊第二句的「便疑冷月通窗戶」而寫，強調被白雪覆蓋的田地予人的感覺十分耀眼，也因此讓屋內的詞人誤以為是清冷的月光透進窗戶。下片再將視線拉至遠方的樹林，「一片樵林釣浦。是

天教、王維畫取。」將「銀界」與「瓊田」之亮白色轉至水墨畫之深色，讓景致的色調有了深淺的層次變化，使雪景的鋪敘不致單調。

　　如〈綺羅香・春雨〉：

　　　　做冷欺花，將烟困柳，千里偷催春暮。盡日冥迷，愁裡欲飛還住。驚粉重、蝶宿西園，喜泥潤，燕歸南浦。最妨他、佳約風流，鈿車不到杜陵路。　　沉沉江上望極，還被春潮晚急，難尋官渡。隱約遙峰，和淚謝娘眉嫵。臨斷岸、新綠生時，是落紅、帶愁流處。記當日、門掩梨花，剪燈深夜語。

上片先細膩的描寫眼前的雨中景物，如花朵、楊柳、蝶、燕。下片視野拉遠至郊外，無邊的江上煙波更顯出空間之廣，接著再望向更遙遠的山峰，臨江邊而望遠，拓展了詞中的意境。此詞上片言近處庭院之雨景，下片言遠處江上之雨景，空間愈顯蒼茫遼闊，而愁也無所不在。

二、室內、室外的視野轉移法

　　「室內、室外的視野轉移法」能將文學作品中所出現的，建築物內、外的空間轉換表達出來。隨著空間的轉換，內外的景物有所變化或差異，創作主體結合不同的畫面呈現在作品之中，能使空間更為深邃，就如黃永武所言：「利用動態景物作一內一外的移動，這種律動感，有助於詩中空間深度感覺的形成。」〔註35〕。而空間深度感覺形成之後，進而可營造出幽微的感受，因此「室內、室外的視野轉移法」適於抒寫哀怨之情。史達祖詠物詞中應用「室內、室外的視野轉移法」所呈現的結構有「由室外而室內」、「室內-室外-室內」二種。

（一）由室外而室內

　　空間由室外移至室內，如〈海棠春令〉：

〔註35〕黃永武著：《中國詩學〈設計篇〉》（臺北市：巨流圖書股份有限公司，2009 年 9 月），頁 68。

似紅如白含芳意。錦宮外、烟輕雨細。燕子不知愁，
驚墮黃昏淚。　　燭花偏在紅簾底。想人怕、春寒正睡。
夢著玉環嬌，又被東風醉。

先就外來看，上片寫室外海棠花的顏色及姿態，「燕子不知愁，驚墮黃昏淚。」寫出海棠的春愁，也暗示出宮中女子的怨情。黃昏是一天即將結束的時刻，在這個時刻，愁的情緒就更濃了，海棠之愁源於擔憂其在春天綻放的美麗會隨著時間過去而即將消逝，所落下的「黃昏淚」增強了春愁的氣氛。下片的「燭花偏在紅簾底」緊接「黃昏淚」而寫，地點移至室內，天色已暗，宮中女子早已點起了燭光，而燭光所照不到的陰暗處，可見宮中女子在閨房之中因寂寞而入睡的情景，「燭花偏在紅簾底」是「果」，「想人怕、春寒正睡。」是「因」。黃昏時刻對於她而言，除了包含一天等待的落空，更包含了對青春不在的擔憂。此種由外而內的空間軌跡，是由室外的海棠花引起愁的聯想，再轉至室內寫宮中女子之怨，室外之海棠與室內之人共同醞釀出寂寞的氣氛。

如〈玉樓春・賦梨花〉：

玉容寂寞誰為主？寒食新晴愁幾許？前身清澹似梅
妝，遙夜依微留月住。　　香迷蝴蝶飛時路。雪在秋千來
往處。黃昏著了素衣裳，深閉重門聽夜雨。

先就外來看，上片由情著手，起二句點出「誰為主」是梨花「寂寞」與「愁」的原因，再寫梨花盛放的美景——花朵的顏色與月光交相輝映、蝴蝶在花叢中飛舞、雪白的花瓣飄落在秋千下，從不同角度描繪梨花的潔白素淨之美，「秋千」二字則引領佳人的出現，最後二句轉至室內，由梨花聯想到佳人寂寞的身影，夜雨使得佳人之愁纏綿無盡，呼應了前面提到的「愁幾許」。

如〈風入松・茉莉花〉：

素馨柎萼太寒生，多剪春冰。夜深綠霧侵涼月，照晶
晶、花葉分明。人臥碧紗懶淨，香吹雪練衣輕。　　頻伽
銜得墮南薰。不受纖塵。若隨荔子華清去，定空埋、身外
芳名。借重玉爐沉炷，起予石鼎湯聲。

先從外來看，上片以視覺摹寫茉莉花在月光下的姿態，深綠如霧的葉叢襯出潔白的花朵，茉莉花的香氣隨風飄送至室內，「人臥碧紗幮淨，香吹雪練衣輕。」轉至室內描寫，躺在綠紗帳中、穿著雪白絹衣的美人與茉莉花之美互相呼應。「頻伽銜得墮南薰」是「因」，「不受纖塵」是「果」，強調茉莉花之高潔。末二句以茉莉花伴雅士品茶作結，茶香與花朵香氣相得益彰，餘味無窮。

（二）室內－室外－室內

空間從室內移至室外，再拉回至室內，如在〈雙雙燕〉中可見詞人巧妙的空間設計：

> 過春社了，度簾幕中間。去年塵冷。差池欲住，試入舊巢相並。還相雕梁藻井。又軟語、商量不定。飄然快拂花梢，翠尾分開紅影。　　芳徑，芹泥雨潤。愛貼地爭飛，競夸輕俊。紅樓歸晚，看足柳昏花暝。應自栖香正穩，便忘了、天涯芳信。愁損玉人，日日畫闌獨憑。

隨著燕子行蹤的移動，自然造成空間的移轉。先從內來看，立春之後，燕子回到去年築巢的地方，「塵冷」寫出舊巢冷清的氣氛，燕子在室內的連續動作帶領讀者環顧四周。接著燕子飛至室外，利用燕子飛翔之動將視線移至室外景物，如「花梢」、「紅影」、「芹泥雨潤」。從「紅樓歸晚」句再拉至室內，天色已晚，燕已歸巢而人未歸，突顯出閨中少婦期望的落空。

三、空間高低的變動法

所謂「空間高低的變動法」可記錄空間中高、低的變化。運用「空間高低的變動法」呈現的空間具有立體的美感，俯視的角度可以形成深闊之感，仰視的角度可產生景物的崇高之感。史氏詠物詞應用「空間高低的變動法」的結構有由高而低、由低而高二種。

（一）由高而低

史氏以「由高而低」的結構展現春雪無所不至的特點，如〈東風

第一枝‧春雪〉：

> 巧沁蘭心，偷黏草甲，東風欲障新暖。謾疑碧瓦難留，
> 信知暮寒較淺。行天入鏡，做弄出、輕鬆纖軟。料故園、
> 不卷重簾，誤了乍來雙燕。　　青未了、柳回白眼。紅欲
> 斷、杏開素面。舊游憶著山陰，厚盟遂妨上苑。熏爐重熨，
> 且放慢、春衫針綫。恐鳳鞋、挑菜歸來，萬一灞橋相見。

此首詞先描寫春雪紛紛飛舞之景，「謾疑碧瓦難留」是因，「信知暮寒較淺」是果。「行天入鏡」寫出春雪由高而低飄落的情狀，從天空飛至池水，空間已有所擴張，「輕鬆纖軟」正切合「行天入鏡」而寫。冉由春雪聯想到故鄉的閨中人，抒發思念之情。

（二）由低而高

史氏詠物詞中「潮」與「月」的對映，形成「低」與「高」的關係，如〈滿江紅‧中秋夜潮〉：

> 萬水歸陰，故潮信，盈虛因月。偏只到、涼秋半破，
> 鬥成雙絕。有物揩磨金鏡淨，何人拿攫銀河決。想子胥、
> 今夜見嫦娥，沉冤雪。　　光直下，蛟龍穴。聲直上，蟾
> 蜍窟。對望中天地，洞然如刷。激氣已能驅粉黛，舉杯便
> 可吞吳越。待明朝、說似與兒曹，心應折。

上片三句先用一低一高營造遼闊的空間感，萬川匯流入海、潮水的漲退是隨著月亮的盈虛變化，「雙絕」先為以下敘述的明月與夜潮的景象埋下伏筆。「有物揩磨金鏡淨」先仰視月光的皎潔，「何人拿攫銀河決」再俯視如銀河的潮水。下片「光直下，蛟龍穴。聲直上，蟾蜍窟。」將高低懸絕的比例拉大，明亮的月光直往低處照入深淵，而巨大的潮水聲響直往高處搗入月宮，兩者共同撐出廣大的空間，造成一股非凡的氣勢，因此激起詞人的雄心壯志。

四、今昔轉移的時間流動法

所謂「今昔轉移的時間流動法」就是以時間中的「現在」與「過去」為依據來組織篇章的方法。運用此種方法會形成「由昔而今」、「由

今而昔」、「由今而昔而今」等敘述形式。「由昔而今」的順敘形式符合時間本身的自然規律，可塑造出合乎規律的美感。而「由今而昔」、「由今而昔而今」的形式則是將時序重新鍛造，先呈現曾帶給創作主體深刻印象的結果和結局，如張紅雨所云：

> 逆向，是激情物曾經給寫作主體留下了不可磨滅的印象，在復呈這一激情物當初的形態時，常常把事物的結果和結局首先湧現出來。因為這種結果和結局曾經在引起美感情緒波動中，居於最激烈的階段上，是美感情緒波動最急促、最密集的部分，所以復呈時其印象最清楚，也就最先被顯現出來。〔註36〕

讀者先被結果所動後，產生亟欲知道原因的心理，就是美感所在，而此美感是生動活潑的。由「今」回憶起「昔」，為了能與「今」互相呼應，此「昔」是經過創作主體捕捉之後，選擇有意義的來呈現，因此可使作品情韻綿邈。

　　在史氏詠物詞中可見應用「今昔轉移的時間流動法」所呈現的「由今而昔」的倒敘法、「由今而昔而今」的追敘法二種結構。

（一）「由今而昔」的倒敘法

　　「由今而昔」的倒敘法指的是由現在逆溯到過去。如〈綺羅香‧春雨〉：

> 做冷欺花，將烟困柳，千里偷催春暮。盡日冥迷，愁裡欲飛還住。驚粉重、蝶宿西園，喜泥潤、燕歸南浦。最妙他、佳約風流，鈿車不到杜陵路。　　沉沉江上望極，還被春潮晚急，難尋官渡。隱約遙峰，和淚謝娘眉嫵。臨斷岸、新綠生時，是落紅、帶愁流處。記當日、門掩梨花，剪燈深夜語。

上片先寫眼前濛濛春雨中的景象，「最妙他、佳約風流，鈿車不到杜陵路。」預先為下片詞人之愁鋪設橋樑，春雨阻礙了佳人約會，同樣

〔註36〕張紅雨著：《寫作美學》（高雄市：麗文文化事業股份有限公司，1996年10月），頁351。

也阻礙詞人的返鄉之路。下片從郊外景色寫起,「沉沉江上望極,還被春潮晚急」是「難尋官渡」之因,蒼茫的景色引起了詞人思鄉的情懷,他抬頭望著遠方煙雨中的山峰,想起所思念的人,再低頭俯視落花隨著春水漂流,俯仰之間使詞人心中之愁感受更為深刻,而想起過去秉燭夜談的回憶,與雨愁、春愁相較之下,結尾的思念之愁更為濃厚,而這種濃厚的愁緒正來自於現今的孤寂與昔日的溫暖回憶所形成的強烈對比。

　　如〈齊天樂・賦橙〉:

　　　　犀紋隱隱鶯黃嫩,籬落翠深偷見。細雨重移,新霜試摘,佳處一年秋晚。荊江未遠。想橘友荒涼,木奴嗟怨。就說風流,草泥來趁蟹螯健。　　并刀寒映素手,醉魂沉夜飲,曾倩排遣。沉瀣含酸,金罌裹玉,菽菽吳鹽輕點。瑤姬齒軟。待惜取團圓,莫教分散。入手溫存,帕羅香自滿。

上片先詠橙,詞人站在籬笆之外,目光為黃色的果實所吸引,便描寫出橙的色澤、花紋、生長規律。下片想起以前與妻子共享鮮橙的甜蜜時光,記憶中令詞人印象深刻的味道,除了橙的酸味,還有留在妻子手中、絲巾上的香氣。橙使詞人想起了美好的回憶,故而衷心的表達永不分離的願望。

　　再如〈換巢鸞鳳・梅意〉:

　　　　人若梅嬌。正愁橫斷塢,夢繞溪橋。倚風融漢粉,坐月怨秦簫。相思因甚到纖腰。定知我今,無魂可銷。佳期晚,謾幾度、淚痕相照。　　人悄。天渺渺。花外語香,時透郎懷抱。暗握荑苗,乍嘗櫻顆,猶恨侵階芳草。天念王昌忒多情,換巢鸞鳳教偕老,溫柔鄉、醉芙蓉、一帳春曉。

詞人見到梅花想起了愛人,在夢魂縈繞之際彷彿能見到她的身影,「坐月怨秦簫」之「怨」乃是因現在孤單一人,無法與愛人長相守,而今只能流淚相思。下片將時光拉回到過去,回想擁抱、親吻愛人

的甜蜜回憶，以及彼此曾共同擁有白頭偕老的心願，能使詞人獲得些許安慰，以昔日的美好回憶作結正突顯今日悼念愛人之感傷。

（二）「由今而昔而今」的追敘法

「由今而昔而今」的追敘法，即先寫眼前所見之景象，再回憶過去，最後迴入到現在，來表達現在的感懷。如〈月當廳〉：

> 白璧舊帶秦城夢，因誰拜下，楊柳樓心。正是夜分，魚鑰不動香深。時有露螢自招颭，風裳可喜影麩金。坐來久，都將涼意，盡付沈吟。　殘雲事緒無人拾，恨匆匆、藥娥歸去難尋。綴取霧窗，曾唱幾拍清音。猶有老來印愁處，冷光應念雪翻簪。空獨對，西風緊，弄一井桐陰。

先描寫眼前所見的清景，夜深之時，詞人心事重重而無法入睡，「沉吟」二字領起對往事之回想。下片進入到昔日的回憶，當初曾在妓院聆聽清亮的樂聲，然而歡樂難以再現，自己似乎被人所遺忘。自「猶有老來印愁處」句，時間再迴入到現在，月光照在白髮上，產生了年華易逝的無限慨嘆。

如〈桃源憶故人‧賦桃花〉：

> 明霞烘透春機杼。春在明霞多處。我是有詩漁父，一夢秦天古。　柳枝巷陌深朱戶。牆外風流一樹。十五年來凝佇。彈盡胭脂雨。

上片先寫眼前所見大片燦爛如雲霞的桃花，美麗的春景令詞人想起許多往事。下片想起過去十五年來關於愛情的回憶，末句「彈盡胭脂雨」再迴入到現在，以悲傷作結。

如〈龍吟曲‧問梅劉寺〉：

> 夜寒幽夢飛來，小梅影下東風曉。蝶魂未冷，吾身良是，悠然一笑。竹杖敲苔，布鞋踏凍，歲常先到。傍蒼林卻恨。儲風養月，須我輩、新詩吊。　永以南枝為好。怕從今、逢花漸老。愁消秀句，寒回斗酒，春心多少。之子逃空，伊人遁世，又還驚覺。但歸來對月，高情耿耿，寄白雲杪。

上片先寫詞人在寒冷的時節，拿著竹杖，踏著冰凍，來到了劉寺，「須我輩、新詩弔。」為來到此地的原因預作伏筆。而從下片的「愁消秀句，寒回斗酒」可知是為悼念某個女子而來，「春心多少」使詞人回想起過去，「之子逃空，伊人遁世」進入到昔日的回憶，此地曾是這個女子出家之所，「又還驚覺」再轉至現今，景物依舊，人事已非，驚覺她已不在人世的事實後，只能仰頭看著月兒，將真誠的思念寄託雲梢。

再如〈留春令・詠梅花〉：

故人溪上，挂愁無奈，烟梢月樹。一涓春水點黃昏，便沒頓、相思處。　　曾把芳心深相許。故夢勞詩苦，聞說東風亦多情，被竹外，香留住。

上片先寫黃昏於溪邊所見梅花的姿態，清幽的景色使詞人心中的思念無所遁形。下片「曾把芳心深相許」句是對於兩人相愛往事的回憶，「故夢勞詩苦」再迴入到現在，美好的時光不再、愛人已故，是感到痛苦的原因，多情的春風也無法替自己傳達情意，只好將相思之情放在心中，呼應了上片的「愁」與「無奈」。

五、抽象總說與具體分述法

「抽象總說與具體分述法」指的是在敘述同一類的事物時，運用「總括」與「條分」來組織篇章。抽象總說會產生集中的力量，而具體分述具有具象性，且條分的項目能呈現出條理清晰、構句整齊的美感。史氏詠物詞中有運用歸納式思考而形成「先分述，再總說」的結構，亦有將主旨置於篇腹而形成「分述，總說，再分述」的結構。

（一）先分述，再總說

「先分述，再總說」就是先條分後總括，針對主旨先條分為幾個部分，並將條分的材料依次敘寫，最後於篇末點明主旨。如〈隔浦蓮・荷花〉：

洛神一醉未醒。俯鑒窺紅影。萬綠森香衛，西風靜，

不放冷。侵曉鷗夢穩。非塵境。棹月香千頃，錦機靚。　亭
亭不語，多應嗔賦玉井。西湖游子，慣識雨愁烟恨。只恐
吳娃暗折贈。耿耿。柔絲容易縈損。

先寫出西湖之上荷花身處的環境，「洛神一醉未醒。俯鑒窺紅影。萬
綠森香衛，西風靜，不放冷。侵曉鷗夢穩。非塵境。」七句是「分述
一」的部分；「棹月香千頃，錦機靚。」寫到遊人泛舟的雅興，是「分
述二」的部分。「分述一」和「分述二」都被用以鋪陳出一片昇平氣
象。下片「西湖游子，慣識雨愁烟恨。」是因，「亭亭不語，多應嗔
賦玉井。」是果，忘了國仇家恨的遊人也許會使沉默的荷花感到憤怒，
接著再具體寫出荷花擔憂被攀折的心情。「只恐吳娃暗折贈。耿耿。
柔絲容易縈損。」為「總說」，以荷花的遭遇統括整首詞，並點明國
家前途可能被斷送的不幸。

再如〈西江月・賦木犀香數珠〉：

三十六宮月冷，百單八顆香懸。只宜結贈散花天。金
粟分身顯現。　指嫩香隨甲影，頸寒秋入雲邊。未忘靈
鷲舊因緣。贏得今生圓轉。

「三十六宮月冷，百單八顆香懸。」二句是「分述一」的部分，寫出
有桂花濃香串珠的來歷。「只宜結贈散花天。金粟分身顯現。」用了
佛教的詞語，是「分述二」的部分，暗示詞人所愛的女子心中有所執
著。「指嫩香隨甲影，頸寒秋入雲邊。」是「分述三」的部分，回想
這串念珠曾陪伴在女子身邊。「未忘靈鷲舊因緣。贏得今生圓轉。」
為「總說」，暗指詞人與此女子曾經相愛的情事，顯現詞人對此段緣
份的珍惜。

如〈醉公子・詠梅寄南湖先生〉：

神仙無膏澤。瓊裾珠佩，卷下塵陌。秀骨依依，誤向
山中，得與相識。溪岸側。倚高情、自鎖烟翠，時點空碧。
念香襟沾恨，酥手翦愁，今後夢魂隔。　相思暗驚清吟
客。想玉照堂前、樹三百。雁翅霜輕，鳳羽寒深，誰護春
色？詩鬢白。總多因、水村攜酒，烟墅留屐，更時帶、明

月同來，與花爲表德。

「神仙無膏澤。瓊裾珠佩，卷下塵陌。秀骨依依，誤向山中，得與相識。」六句爲「分述一」的部分，先寫梅花遠離塵囂的生長環境及秀美輕柔之姿。｜溪岸側。倚高情、自鎖烟翠，時點空碧。念香襟沾恨，酥手翦愁，今後夢魂隔。」七句爲「分述二」的部分，描述長在溪邊的梅花能鎖住烟霧中的翠色、妝點清澈的天光水色，「念香襟沾恨，酥手翦愁，今後夢魂隔。」此三句由景轉入懷人之情。下片「相思暗驚清吟客。」接續「今後夢魂隔。」來寫，「相思暗驚清吟客。想玉照堂前、樹三百。雁翅霜輕，鳳羽寒深，誰護春色？詩鬢白。」七句爲「分述三」的部分，詞人回憶起玉照堂梅樹風情萬千的姿態，梅花能留住春色，但留不住詩人之年華，因此產生了「詩鬢白」之嘆。「總多因、水村攜酒，烟墅留屐，更時帶、明月同來，與花爲表德。」爲「總說」，表達詞人此刻的閒情逸致，並且強調自己對於梅花的喜愛，不僅是因梅花所具有的美麗姿態，其「秀骨」、「高情」，以及在梅樹下的回憶都是美好的，使詞人甘願「與花爲表德」。

（二）分述，總說，再分述

「分述，總說，再分述」是將主旨置於篇腹，針對主旨將條分的材料置於首尾，並加以敘寫。如〈齊天樂‧白髮〉：

> 秋風早入潘郎鬢，斑斑遽驚如許。暖雪侵梳，晴絲拂領，栽滿愁城深處。瑤簪謾妒。便羞插宮花，自憐衰暮。尚想春情，舊吟凄斷茂陵女。　　人間公道惟此，嘆朱顏也恁，容易墮去。涅不重緇，搔來更短。方悔風流相誤。郎潛幾縷。漸疏了銅駝。俊游儔侶，縱有黟黟，奈何詩思苦？

開端二句先寫出中年早生華髮的感受，再以梳理白髮的感覺，帶出憂愁的心情。再接續「栽滿愁城深處」，分別描述與白髮有關之聯想，以「瑤簪」、「宮花」、「茂陵女」來自憐自嘆，形成「分述一」的部分。下片的「人間公道惟此，嘆朱顏也恁，容易墮去。」爲「總說」，朱

顏易老是詞人的感嘆。「分述二」的部分寫出年華老去的悔恨以及現今的遭遇，只能藉由創作發洩苦悶。「分述一」之愁與「分述二」之苦，一前一後渲染出「總說」中朱顏容易墮去之嘆。

再如〈惜奴嬌〉：

香剝酥痕，自昨夜、春愁醒。高情寄、冰橋雪嶺。試約黃昏，便不誤、黃昏信。人靜，倩嬌娥、留連秀影。
吟鬢簪香，已斷了、多情病。年年待、將春管領。鏤月描雲，不枉了、閒心性。謾聽。誰敢把、紅兒比並。

「香剝酥痕，自昨夜、春愁醒。高情寄、冰橋雪嶺。」句先由詠梅起興，寫梅花施脂粉之美以及崇高之情，此為「分述一」的部份。「試約黃昏，便不誤、黃昏信。人靜，倩嬌娥、留連秀影。」為「總說」，有梅花、佳人相伴，並且與佳人共有黃昏的信約，一同欣賞美景，是詞人追求美滿愛情的心願。下片「吟鬢簪香，已斷了、多情病。」展現對佳人的想念，簪花於耳鬢、戒掉貪杯之習都是為了伊人，此為「分述二」的部份。「年年待、將春管領。鏤月描雲，不枉了、閒心性。」呼應了「總說」，希望年年都能與佳人一同欣賞精麗工巧的春景，此感嘆為「分述三」的部份。最後三句為「分述四」，除了暗示佳人的身分，也以杜紅兒來比擬佳人，突出她的美色、才德，由此可知她與梅花為詞人所珍愛，在詞人心中的地位不言而喻。

六、情景相副，婉轉關生法

「情」指的是抽象的情感，「景」指的是具體的景物，「情景相副，婉轉關生法」就是藉具體的景物來襯托抽象的情感，以增加作品的情味。情、景的關係十分密切，而情景分寫更是韻文常用到的技巧，如清劉熙載云：

詞或前景後情，或前情後景，或情景齊到，相間相融，各有其妙。〔註37〕

────────────────
〔註37〕清·劉熙載《詞概》，唐圭璋編：《詞話叢編（四）》（北京：中華書局，2005 年 10 月），頁 3699。

清李漁則說明在作品之中，情景要有主客之分：

> 詞雖不出情景二字，然二字亦分主客。情為主，景是
> 客，說景即是說情，非借物遣懷，即將人喻物。有全篇不
> 露秋毫情意，而實句句是情，字字關情者。切勿泥定即景
> 詠物之說，為題字所誤，認真做向外面去。〔註38〕

由此可知，情意具有主導作用，而外在景物足以引發內在之情意，詞
人所設之景多是為了傳達心中之情。傅庚生在《中國文學欣賞舉隅》
的〈情景與主從〉一章中亦抱持情為主、景為從的觀點：

> 文學境界中，既必終始有我焉，自必以我之情為主，
> 而以物之景為從。諺有云「紅花雖好，還仗綠葉扶持」，蓋
> 取其可以相幫襯，互發明也。〔註39〕

> 既云情為主而景為從矣，自未宜情向東而景向西，情
> 如此而景如彼，必求其勻稱協調，而同趨並駕也。情喜愉
> 而景宜於風和日麗，情悽苦則景宜於月冷雲愁。〔註40〕

其所言強調情景必須互相呼應，不同的情感則相應的景物也會有所不
同。故情與景之間相應相生的關係，可產生「調和」的美感，〔註41〕
詞人獨特的情會因景而韻味悠長。

在史氏詠物詞中可見應用情景法所呈現的「由景生情」、「由景
而情而景」、「情景兼容而偏情」三種結構。

（一）由景生情

「由景生情」就是由寫景過渡到抒情，能取得情景交融、上下輝
映的藝術效果，是常見的結構，如〈龍吟曲・雪〉：

〔註38〕清・李漁《窺詞管見》，唐圭璋編：《詞話叢編（一）》（北京：中華
　　　　書局，2005 年 10 月），頁 554。
〔註39〕傅庚生著：《中國文學欣賞舉隅》（臺北市：萬卷樓圖書股份有限公
　　　　司，2002 年 12 月），頁 53。
〔註40〕傅庚生著：《中國文學欣賞舉隅》（臺北市：萬卷樓圖書股份有限公
　　　　司，2002 年 12 月），頁 59。
〔註41〕參見仇小屏著：《篇章結構類型論》（臺北市：萬卷樓圖書股份有限
　　　　公司，2005 年 7 月），頁 211。

夢回虛白初生，便疑冷月逋窗戶。不知夜久，都無人
見，玉妃起舞。銀界回天，瓊田易地，晃然非故。想兒童
健意，生愁霽色，情頻在、窺簾處。　　一片樵林釣浦。
是天教、王維畫取。未如授簡，先將高興，收歸妙句。江
路梅愁，灞陵人老，又騎驢去。過章臺、記得春風乍見，
倚簾吹絮。

上片先描寫室外一片雪白如銀的景色，「銀界回天，瓊田易地」是近
望之色；下片再將視野拉至更遠的「樵林釣浦」，這樣如畫的美景引
起了詞人歸隱的情趣，「先將高興，收歸妙句。」是詞人對自己的安
慰，只有遠離塵俗才能忘卻政治失意的境遇。然而身處澄澈明朗之境
越能顯見自己心中之愁，因此以「江路梅愁，灞陵人老，又騎驢去。」
來抒發心中的委屈之情，「人老」、「騎驢」道出自己一無所成、俸祿
微少之嘆，最後再以「章臺」來暗示自己的供職之所。由雪景生發官
位卑微之慨，冷月、大雪尤其能合適的傳達出詞人的淒苦之情。

　　如〈瑞鶴仙·紅梅〉：

館娃春睡起。爲發妝酒暖，臉霞輕膩。冰霜一生裡。
厭從來冷澹，粉腮重洗。胭脂暗試。便無限、芳穠氣味。
向黃昏、竹外寒深，醉裡爲誰偷倚？　　嬌媚。春風模樣，
霜月心腸，瘦來肌體。孤香細細。吹夢到，杏花底。被高
樓橫管，一生驚斷，卻對南枝灑淚。漫相思，桃葉桃根，
舊家姊妹。

上片以擬人手法刻畫眼前所見紅梅的姿色，再從嗅覺寫紅梅之濃香。
下片寫紅梅之素質，由「吹夢到，杏花底。」開始引起詞人的感嘆，
在夢中紅梅的香氣被風吹送，現今虛幻夢境中的「孤香細細」，不如
當時身旁所聞的「芳穠氣味」，因紅梅乃是愛人的化身，愛人離開人
世，紅梅的香氣也就有濃烈與清淡之分。自「被高樓橫管，一生驚斷，
卻對南枝灑淚。」轉入強烈的懷人情思，而「漫相思」之「漫」字使
花香與相思瀰漫整首詞，有無盡的韻味。

　　如〈滿江紅·中秋夜潮〉：

　　　　萬水歸陰，故潮信，盈虛因月。偏只到、涼秋半破，
　鬥成雙絕。有物揩磨金鏡淨，何人拿攫銀河決。想子胥、
　今夜見嫦娥，沉冤雪。　　　光直下，蛟龍穴。聲直上，蟾
　蜍窟。對望中天地，洞然如刷。激氣已能驅粉黛，舉杯便
　可吞吳越。待明朝、說似與兒曹，心應折。

此詞上片重在以視覺感受繪形，下片以視覺、聽覺感受繪聲色，兩者
共同架構出壯闊的境界，並將皎潔的月光與洶湧的潮水互相結合，一
層一層的渲染氣氛。「光直下，蛟龍穴。聲直上，蟾蜍窟。」是由寫
景過渡到抒情的關鍵，詞人置身在如此的景象之中，心境更加開朗，
隨著滾滾的江潮，豪邁的激情油然而牛。

　　如〈月當廳〉：

　　　　白璧舊帶秦城夢，因誰拜下，楊柳樓心。正是夜分，
　魚鑰不動香深。時有露螢自招颭，風裳可喜影麩金。坐來
　久，都將涼意，盡付沈吟。　　　殘雲事緒無人拾，恨匆匆、
　藥娥歸去難尋。綴取霧窗，曾唱幾拍清音。猶有老來印愁
　處，冷光應念雪翻簪。空獨對，西風緊，弄一井桐陰。

上片先以視覺描寫夜深之時，明月當空，眼前所見的清景，下片由美
景勾起往事之回憶，由明月、殘雲、嫦娥觸發詞人聯想自身不幸的遭
遇，歲月無情，而今物是人非，加以清冷的月光在在侵入心靈，因此
彌覺感傷、黯然。

　　再如〈東風第一枝・春雪〉：

　　　　巧沁蘭心，偷黏草甲，東風欲障新暖。謾疑碧瓦難留，
　信知暮寒較淺。行天入鏡，做弄出、輕鬆纖軟。料故園、
　不卷重簾，誤了乍來雙燕。　　　青未了、柳回白眼。紅欲
　斷、杏開素面。舊游憶著山陰，厚盟遂妨上苑。熏爐重熨，
　且放慢、春衫針線。恐鳳鞋、挑菜歸來，萬一灞橋相見。

上片實寫春雪紛飛之景，「料故園、不卷重簾，誤了乍來雙燕。」轉
為虛寫，並埋入懷人的情思，為下片抒情作伏筆。「青未了、柳回白
眼。紅欲斷、杏開素面。」再回到對春雪中景物的直接描寫，引出與

故人相聚的回憶、對閨中人的思念，並具體鮮明的描寫閨中人的形象，以突顯自己企盼見到閨中人的心情。

（二）由景而情而景

「由景而情而景」的結構是以景開頭，中間加入抒情的描述，最後再以景作結。如〈夜合花·賦笛〉：

> 冷截龍腰，偷拿鷺爪，楚山長鎖秋雲。梅花未落，年年怨入江城。千障碧，一聲清。杜人間，兒女簫笙。共淒涼處，琵琶澆浦，長嘯蘇門。　　當時低度西鄰。天淡闌干欲暮，曾賦高情。子期老矣，不堪殢酒重聽。纖手靜，七星明。有新聲、應更魂驚。夢回人世，寥寥夜月，空照天津。

上片「冷截龍腰，偷拿鷺爪，楚山長鎖秋雲。」詳細刻畫笛子特殊的來歷，以引出後面所述不凡之笛聲。哀怨的〈梅花落〉之曲使詞人生發感慨，先以聽覺描寫笛聲與簫笙之聲的對比，「千障碧，一聲清。」是因，「杜人間，兒女簫笙。」是果，至此都是從聽覺切入來寫景。「共淒涼處，琵琶澆浦，長嘯蘇門。」進入到抒情的描寫，「淒涼」二字點出詞人當時聽聞笛聲的心情。下片承「淒涼」寫悼念故人之情，再寫老去之嘆，「子期老矣」是因，「不堪殢酒重聽」是果，詞人於情感脆弱之時再也禁不起悲涼之音。「纖手靜，七星明。」拉回到景的描寫，聚焦在吹笛之纖手與清晰的笛孔。笛聲停止，夜月照天津橋之景飽含了詞人的孤獨之情，亦是韻味無限。

（三）情景兼容而偏情

「情景兼容而偏情」的結構呈現情景兼具，而偏向於情的描寫。如〈綺羅香·春雨〉：

> 做冷欺花，將烟困柳，千里偷催春暮。盡日冥迷，愁裡欲飛還住。驚粉重、蝶宿西園，喜泥潤，燕歸南浦。最妨他、佳約風流，鈿車不到杜陵路。　　沉沉江上望極，還被春潮晚急，難尋官渡。隱約遙峰，和淚謝娘眉嫵。臨

斷岸、新綠生時，是落紅、帶愁流處。記當日、門掩梨花，
剪燈深夜語。

此詞上片描寫春雨，細雨迷漫、鬱悶的意境，正符合詞人之「愁」，「千
里偷催春暮」隱含了詞人傷春之嘆。下片描寫郊外的景色，濃厚的雨
意使詞人懷人的心情更加沉重，因此眼中的山峰化爲佳人的愁眉，「和
淚謝娘眉嫵」是詞人的情感注入景物所致，便覺雨是淚痕，藉由寫景
婉曲的抒發懷人情思。「臨斷岸、新綠生時，是落紅、帶愁流處。」
在描寫春水、落花中積澱著詞人的惆恨，眞切寫景而含蓄抒情，最後
寫昔日美好回憶加深愁思。景物描寫完整而優美，其中的思念愁懷更
是鮮明深刻。

七、多種事物並列而異流同歸主旨法

　　所謂「多種事物並列而異流同歸主旨法」就是並列的多種事物都
是圍繞著主旨，從不同方面、角度，不分主次的來闡發主旨，而這些
並列的事物之間是平行的，並沒有形成層次關係。運用這種章法所形
成的結構看來毫無組織，卻又能凝聚爲一個整體，錢谷融、魯樞元從
讀者的角度切入提出看法：

> 　　還有一類作品，形象的聯繫則是非事件性的。……這
> 是一種頓悟式的理解。作品只提供一個相互關聯著的形象
> 系統，這種「關聯」不是線狀的，而是類似網狀的。作品
> 也不指明這種「關聯」，只設置各種「缺口」，只提供一些
> 暗示。讀者讀完整部作品，在探求機制的參與下，彌補了
> 這些「缺口」，把握了形象之間的「關聯」，也就把握了形
> 象整體。〔註42〕

由此可知，作者盡情的聯想促成了自由的表達形式，而作品內部的形
象之間的缺口必須由讀者的理解來彌補，正是「多種事物並列而異流
同歸主旨法」作品展現出來的特色。

〔註42〕錢谷融、魯樞元著：《文學心理學》（臺北市：新學識文教出版中心，
　　　1990 年 9 月），頁 222。

　　史氏運用「多種事物並列而異流同歸主旨法」的詠物詞如〈菩薩蠻・賦軟香〉：

　　　　廣寒夜搗玄霜細。玉龍睡重痴涎墜。鬥合一團嬌。偎
　　人暖欲消。　　心情雖軟弱，也要人搏搦。寶扇莫驚秋。
　　班姬應更愁。

此詞所詠爲宮廷所用之龍涎香，並列事物有五，一是月兔搗藥的傳
說，以點明創作此詞的時節，二提及龍涎香的由來，三提及錦緞，四
寫出龍涎香的質地，五聯想到失寵的班婕妤。

　　如〈菩薩蠻・賦玉蕊花〉：

　　　　唐昌觀里東風軟。齊王宮外芳名遠。桂子典刑邊。梅
　　花伯仲間。　　龐茸鎪暖雪。瑣細雕晴月。誰駕七香車。
　　綠雲飛玉沙。

此詞並列事物有四，一提及種有玉蕊花、名聲遠播的瓊花觀，二將揚
州之桂花、梅花與玉蕊花相提並論，以強調玉蕊花之美好，三從視覺
感受描摹玉蕊花花鬚，四則以仙人下凡來強調玉蕊花之異香。

　　如〈留春令・金林檎詠〉：

　　　　秀肌豐靨，韵多香足，綠勻紅注。翦取東風入金盤，
　　斷不買，臨筇賦。　　宮錦機中春富裕。勸玉環休妒。等
　　得明朝酒消時，是閑澹、雍容處。

此詞並列事物有四，一形容林檎美麗、肥碩的外觀及香氣，二強調林
檎受到喜愛，三以楊玉環來襯托林檎的美好，四將林檎比擬爲高貴的
女子。

　　再如〈蘭陵王・南湖以碧蓮見寄，次韵謝之〉：

　　　　漢江側。月弄仙人佩色。含情久，搖曳楚衣，天水空
　　濛染嬌碧。文漪簟影織。涼骨時將粉飾。誰曾見，羅襪去
　　時，點點波間冷雲積。　　相思舊飛鷁。漫想像風裳，追
　　恨瑤席。涉江幾度和愁摘。記雪映雙腕，刺縈絲縷，分開
　　綠蓋素袂濕。放新句吹入。　　寂寂。意猶昔。念淨社因
　　緣，天許相見。飄蕭羽扇搖團白。屢側臥尋夢，倚闌無力。
　　風標公子，欲下處、似認得。

此詞並列事物有三，一鋪陳荷花烟嵐迷茫的生長環境，水面上的花影、雲影，映現出荷花鮮艷、神秘之美；二以華麗的畫船、珍美之席、皮膚雪白的女子來寫賞荷、採荷之風雅；三以女子尋覓舊夢的嬌美姿態，暗示出她心中所懷想的一段情緣。

第三節　修辭技巧

　　修辭為調整語辭使達意傳情能夠適切的一種努力，〔註43〕是一種語言美的藝術。詠物詞是具有精美語言的文學作品，其在修辭技巧運用方面的精彩靈活，可以提升藝術效果，並且表出詞人豐富的情思，以下就從巧設比喻、轉化生趣、以彼代此、襯以托之、善用對偶、用典使事六個方面來分析史達祖詠物詞的修辭技巧。

一、巧設比喻

　　劉勰曾提出「比」的概念，說明「比」所用的物類並非是一定的：「夫比之為義，取類不常：或喻於聲，或方於貌，或擬於心，或譬於事。」〔註44〕，此處的「比」就是比喻。比喻又稱為譬喻，指在描寫、說明事物時，根據聯想，用和它有類似點的事物來打比方；通常是利用舊經驗引起新經驗，以具體說明抽象，以易知說明難知。〔註45〕一個比喻通常包含了「本體」、「喻體」、「喻詞」、「相似點」四個要素，「本體」是被描寫或說明的事物，「喻體」是拿來做比方的另一事物，「喻詞」是聯結本體和喻體的詞，「相似點」則是本體和喻體相似之處。

　　比喻是不直接明言的手法，常為詞人所採用，清沈祥龍在《論詞

〔註43〕參見陳望道著：《修辭學發凡》（上海：復旦大學出版社，2009 年 7 月），頁 2。

〔註44〕梁・劉勰著：《文心雕龍・比興》，參見周振甫注：《文心雕龍注釋》（臺北市：里仁書局，1994 年 7 月），頁 570。

〔註45〕參見黃慶萱著：《修辭學》（臺北市：三民書局股份有限公司，2007 年 1 月），頁 321。

隨筆》中云：

> 詩有賦比興，詞則比興多於賦。或借景以引其情，興也。或借物以寓其意，比也。蓋心中幽約怨悱，不能直言，必低徊要眇以出之，而後可感動人。〔註46〕

可知比喻手法能使詞意婉轉，情感含蓄，並能進一步感動人心，達到「空靈」的境界。〔註47〕史達祖常將千言萬語濃縮凝煉爲一個絕妙的比喻，可以提供讀者廣泛的想像餘地。其寫作詠物詞的比喻技巧，可從明喻、暗喻、借喻三大類型來看。

（一）明喻

明喻，就是明顯的打比方，本體、喻體都出現，中間用「如」、「像」、「似」、「若」、「猶」、「好像」、「彷彿」、「一般」等等的比喻詞來縮合本體與喻體。

如：

> 前身清澹似梅妝。（〈玉樓春·賦梨花〉）

「前身」是本體，指的是梨花，「似」是喻詞，「梅妝」是喻體，指的是畫了梅花妝的美人。此句以梨花的素雅比作畫了梅花妝的美人，是詞人的巧思，能爲梨花塑造出清秀、白淨的佳人形象。

如：

> 莫倚莓墻，花氣釅如酒。（〈祝英臺近·薔薇〉）

「花氣」是本體，「如」是喻詞，「酒」是喻體。將濃郁的花香比作醇酒，兩者都具有香氣使人心醉的共通點。

又如：

> 對望中天地，洞然如刷。（〈滿江紅·中秋夜潮〉）

「洞然」是本體，指的是從深處傳來的水聲，「如」是喻詞，「刷」是

〔註46〕 清·沈祥龍《論詞隨筆》，唐圭璋編：《詞話叢編（五）》（北京：中華書局，2005 年 10 月），頁 4048。

〔註47〕 蔡嵩雲認爲：「詞尚空靈，妙在不離不即，若離若即，故賦少而比興多。」見蔡嵩雲《柯亭詞論》，唐圭璋編：《詞話叢編（五）》（北京：中華書局，2005 年 10 月），頁 4905。

喻體，指的是詞人開朗明淨的胸懷，此句展現出詞人在觀潮當下，物我為一的感受。

再如：

> 人若梅嬌。（〈換巢鸞鳳‧梅意〉）

「人」是本體，「若」是喻詞，「梅」是喻體。詞人將所思念的女子比作嬌豔的梅花，女子與梅花同樣都是詞人所愛。

（二）暗喻

暗喻，又稱為隱喻，可分為兩種：一是有本體、喻體，以「是」、「成」、「為」、「當」、「作」、「疑」、「等於」等喻詞來連接；另一是省略喻詞，只出現本體和喻體。

如：

> 夢回虛白初生，便疑冷月通窗戶。（〈龍吟曲‧雪〉）

「虛白初生」是本體，「疑」是喻詞，「冷月」是喻體。剛下雪時，屋外一片澄澈明朗之境使虛室生白，彷如清冷的月光從窗戶透進來。用「疑」字來連結「虛白初生」與「冷月」，正好呼應起頭的「夢回」，貼切的表達出詞人夢醒之時，產生了恍恍惚惚、辨識不清雪與月光的錯覺。

如：

> 一片樵林釣浦。是天教、王維畫取。（〈龍吟曲‧雪〉）

「一片樵林釣浦」是本體，「是」為喻詞，「王維畫取」為喻體。唐王維以詩畫聞名，﹝註48﹞詞人眼前所見雪中的山池美景，如王維所作蕭疏清澹的山水畫。

﹝註48﹞《舊唐書》〈王維傳〉評價王維的書畫作品云：「書畫特臻其妙，筆蹤措思，參於造化，而創意經圖，即有所缺，如山水平遠，雲峰石色，絕迹天機，非繪者之所及也。」見後晉‧劉昫等撰、楊家駱主編：《新校本舊唐書附索引六》（臺北市：鼎文書局，1989 年 12 月），卷 190，頁 5052。湯垕的《畫鑒》稱王維「工人物山水，筆意清潤，畫羅漢佛像至佳，平生喜作雪景。」見元‧湯垕撰：《畫鑒》，收於《學海類編第二十一函》（臺北市：藝文印書館，1966 年），頁 3。

　　如：
　　　　我是有詩漁父，一夢秦天古。（〈桃源憶故人・賦桃花〉）
「我」是本體，「是」爲喻詞，「有詩漁父」爲喻體。居住在桃花源的
人，是爲了躲避先秦亂世，詞人自喻爲誤入桃花源的武陵漁父，傳達
出想遠離塵囂、忘卻煩憂的心情。
　　如：
　　　　館娃春睡起。爲發妝酒暖，臉霞輕膩。（〈瑞鶴仙・紅
　　梅〉）
使用了兩個暗喻：「館娃」是本體，「爲」是喻詞，「發妝酒暖」是喻
體；「臉」是「本體」，「霞」是喻體，中間省略連接的喻詞。詞人將
初春綻放的紅梅比作化了妝、醉酒的美女，而美女的臉色紅暈如紅霞
一般，此暗喻描繪出紅梅之嬌姿。
　　省略喻詞，只有本體和喻體，如：
　　　　文漪簟影織。（〈蘭陵王・南湖以碧蓮見寄，次韵謝之〉）
「文漪」是本體，「簟影」是喻體。水的波紋多變，如縱橫交錯的竹
蓆紋影。
　　如：
　　　　涼骨時將粉飾。（〈蘭陵王・南湖以碧蓮見寄，次韵謝
　　之〉）
「涼骨」是本體，「粉飾」是喻體。荷花盛開的時候，梗上會有一層
白粉，就像女子的脂粉，此句寫出了荷花的特性，可見詞人細微的觀
察力。
　　如：
　　　　時有露螢自招颭，風裳可喜影麩金。（〈月當廳〉）
夜露中飛舞的螢火蟲與隨風飄動的衣裳在水中所形成之「影」爲本
體，「麩金」爲喻體。詞人與螢火蟲微光的倒影都能映現於水中，可
見月光之皎潔明亮；以砂金來暗喻波光粼粼之狀，貼切的形容出水面
的金光閃爍。

如：

　　龐茸鏤暖雪。瑣細雕晴月。(〈菩薩蠻・賦玉蕊花〉)

使用了兩個暗喻來指玉蕊花的花鬚，「龐茸」是本體，「暖雪」是喻體；「瑣細」是本體，「晴月」是喻體。叢聚密集的玉蕊花，其花鬚就像刻鏤而成的冰絲；細小的花鬚又像精雕細鏤的明月。用「暖雪」與「晴月」來暗喻玉蕊花的花鬚，是屬於互文見義的方式，可以避免詞語的單調。

又如：

　　隱約遙峰，和淚謝娘眉嫵。(〈綺羅香・春雨〉)

「隱約遙峰」是本體，「和淚謝娘眉嫵」是喻體。霪雨霏霏，遠處隱隱約約的山峰在經過雨水的潤澤後，如同美人的眉形和帶著淚的臉龐，一樣的嬌美。這樣的暗喻具有引導以下詞義的作用，在此韻之後，詞人說：「臨斷岸、新綠生時，是落紅、帶愁流處。記當日、門掩梨花，剪燈深夜語。」，雨中的遠山，如同「和淚謝娘眉嫵」，因此想到伊人的臉龐，從「記當日、門掩梨花，剪燈深夜語。」轉入憶念之情。

再如：

　　嬌媚。春風模樣，霜月心腸，瘦來肌體。(〈瑞鶴仙・
紅梅〉)

「春風模樣，霜月心腸」是「同位型」的暗喻手法，即將本體與喻體直接組合成一個句子。「春風」是在前面的喻體，「模樣」是在後面的本體；「霜月」是在前面的喻體，「心腸」是在後面的本體。以春風暗喻紅梅的模樣，是因紅梅的嬌豔、香氣就和春風一樣，替人們捎來春天的信息，其外在是可親的；以霜月暗喻紅梅的心地，是因紅梅不畏懼風霜寒冷，和霜夜寒月勇敢堅定、高潔的內在本質是相同的，霜月能在冷冽的夜晚散發光芒，而紅梅亦能在孤寒中散發出幽香。

（三）借喻

　　借喻，即省略了本體與喻詞，直接以喻體代替本體出現。李若鶯云：「『借喻』表面上看不出是在打比方，事實上，是比『暗喻』更為深入一層也更形象化的手法，喻體和隱藏的本體之間的特徵聯繫更為

明確。」〔註49〕，可知借喻使本體與喻體之間的關係更為密切，而語言也就更加精鍊，能充分體現詞人豐富的想像力。而宋人詠物最忌說出所詠之物，宋沈義父云：「詠物詞，最忌說出題字。如清真梨花及柳，何曾說出一個梨、柳字。」〔註50〕，因此運用借喻的手法可以省略對於本體的直接描述，符合詞人詠物而情意隱微的創作需求。

　　史達祖詠物詞使用了很多的借喻手法，如：

　　　　誰駕七香車。綠雲飛玉沙。(〈菩薩蠻·賦玉蕊花〉)

「綠雲」、「玉沙」為喻體。此句用來比喻盛開的玉蕊花，其葉如綠色的雲彩，而紛飛的白玉色花瓣如雪花。詞人描述玉蕊花盛開的情景與不凡的異香，是以「七香車」、「綠雲」、「玉沙」來建構出神祕縹緲的詩境，仙人駕著用多種香料塗飾的車出現在雲端，天空飄落雪花，四周散發著香氣。因此為了呼應「誰駕七香車」所提及的仙人降臨，便以「綠雲」、「玉沙」這樣的輕盈之物來借喻。

　　如：

　　　　雪在秋千來往處。(〈玉樓春·賦梨花〉)

「雪」是喻體，此句指梨花白色的花瓣飄落如雪。

　　如：

　　　　玉容寂寞誰為主？(〈玉樓春·賦梨花〉)

「玉容」是喻體，指的是佳人的容貌，用來比喻梨花。

　　如：

　　　　便愁釀醉青虯，蜿蜿無力，戲穿碎、一屏新繡。(〈祝英臺近·薔薇〉)

「青虯」是喻體，指的是青色的虯龍，用來比喻薔薇綠色的藤莖。「新繡」是喻體，指的是顏色鮮豔、精緻的錦繡，用來比喻盛開的薔薇花朵。

〔註49〕李若鶯編著：《唐宋詞鑑賞通論》(高雄市：高雄復文圖書出版社，1996年9月)，頁340。

〔註50〕南宋·沈義父《樂府指迷》，唐圭璋編：《詞話叢編（一）》(北京：中華書局，2005年10月)，頁284。

如：

　　　指嫩香隨甲影，頸寒秋入雲邊。(〈西江月‧賦木犀香
數珠〉)

「雲」是喻體，比喻女子黑潤如雲的鬢髮。此二句寫出詞人所愛女子
之美，她擁有細嫩的手指與黑潤的秀髮，而散發著桂花香味的念珠可
以陪襯女子的美麗。

如：

　　　明霞烘透春機杼。(〈桃源憶故人‧賦桃花〉)

「明霞」是喻體，意謂一大片的桃花如天邊燦爛的紅霞。

如：

　　　十五年來凝佇。彈盡胭脂雨。(桃源憶故人‧賦桃花〉)

「胭脂雨」是喻體，以「紅雨」比喻紅色的落花，色彩極為鮮艷，正
好展現詞人濃烈的悲傷。

如：

　　　秀肌豐靨，韵多香足，綠勻紅注。(〈留春令‧金林檎
詠〉)

「秀肌豐靨」是喻體，比喻林檎的果肉肥碩，如同美人豐潤美麗的臉
頰。

如：

　　　冰霜一生裡。(〈瑞鶴仙‧紅梅〉)

「冰霜」是喻體，梅花開放前後都在嚴寒的季節，因此以冰霜借喻艱
危的處境。

如：

　　　漫想像風裳，追恨瑤席。(〈蘭陵王‧南湖以碧蓮見寄，
次韵謝之〉)

「瑤席」是喻體。說文解字曰：「瑤，石之美者。」〔註51〕，「瑤」
為美玉，詞人以美玉之席來比喻宴席之珍貴、美好。

───────────────

〔註51〕漢‧許慎撰、清‧段玉裁注：《說文解字注》(臺北市：天工書局，
1998年8月)，頁17。

如：

> 記雪映雙腕，刺縈絲縷，分開綠蓋素袂濕。(〈蘭陵王·
> 南湖以碧蓮見寄，次韵謝之〉)

「綠蓋」是喻體，指的是綠色車蓋，此處用以比喻荷葉。

如：

> 俯鑒窺紅影。(〈隔浦蓮·荷花〉)

「鑒」是喻體，指湖水平如銅鏡，低頭可看見紅色的花影。

如：

> 暖雪侵梳，晴絲拂領，栽滿愁城深處。(〈齊天樂·白
> 髮〉)

「暖雪」、「晴絲」都是喻體，詞人以遇暖即融化的白雪，和飛揚在空中、蟲類吐出的絲來喻指自己的白髮，年華老去的事實是詞人陷入愁苦境地的原因。

如：

> 沆瀣含酸，金罌裏玉，蔌蔌吳鹽輕點。(〈齊天樂·賦
> 橙〉)

「金罌」是喻體。金罌是石榴的別名，石榴爲球形，呈深黃色、紅色；由於與橙有相似的外形，外面都有一層具光澤的金黃色厚皮包裹果肉，且同樣都是在秋季成熟，因此詞人以石榴來借喻橙。

如：

> 暗握荑苗，乍嘗櫻顆，猶恨侵階芳草(〈換巢鸞鳳·梅
> 意〉)。

「荑苗」、「櫻顆」都是喻體。「荑苗」是初生的茅芽，色白柔嫩，此處用以比喻美人的手細白柔美；「櫻顆」是櫻桃，比喻美人的嘴脣小而紅潤。

如：

> 天念王昌忒多情，換巢鸞鳳教偕老，溫柔鄉、醉芙蓉、
> 一帳春曉。(〈換巢鸞鳳·梅意〉)

「鸞鳳」是喻體，指的是鸞鳥和鳳凰，用以比喻夫婦，由此可知詞人

的心願就是與愛人白頭偕老。

如：

> 銀界回天，瓊田易地，晃然非故。（〈龍吟曲‧雪〉）

「瓊田」是喻體，指的是玉田，詞人眼前大雪覆蓋的田地彷彿是白玉田，看起來十分耀眼。

如：

> 雁翅霜輕，鳳羽寒深，誰護春色？（〈醉公子‧詠梅寄南湖先生〉）

「雁翅」、「鳳羽」都是喻體，比喻玉照堂三百多棵的梅樹姿態，如雁張翅般排開，又如鳳凰的羽毛。

如：

> 冷截龍腰，偷拿鸞爪，楚山長鎖秋雲。（〈夜合花‧賦笛〉）

「鸞爪」是喻體，用以比喻女性按笛之手。

如：

> 纖手靜，七星明。（〈夜合花‧賦笛〉）

「七星」是喻體，此處以北斗七星來比喻笛子上的七個孔。

如：

> 激氣已能驅粉黛，舉杯便可吞吳越。（〈滿江紅‧中秋夜潮〉）

震耳的潮水聲能使女子害怕遁逃，而投降派面對敵人時也有逃避、害怕的反應，因此詞人以「粉黛」比喻畏敵如虎的投降派，有諷刺之意。

二、轉化生趣

轉化，是「描述一件事物時，轉變其原來性質，化成另一種本質截然不同的事物，而加以形容描述。」〔註52〕，也就是基於想像，擬物為人、擬人為物，或把此事物當作彼事物來描寫。轉化是詠物詞中

〔註52〕黃慶萱著：《修辭學》（臺北市：三民書局股份有限公司，2007 年 1 月），頁 377。

常見的寫作技巧，可以具體的傳達出人或物的形態、精神，塑造出鮮明的藝術形象。史達祖寫作詠物詞的轉化技巧，可從擬物爲人、擬人爲物、擬人爲人三大類型來看。

（一）擬物為人

擬物爲人又稱爲「擬人法」，即把所要描寫的物，賦予人的性格、動作、思想、感情，可以增強語言的感染力，使物的形象生動而親切可感，並且曲盡物性。

史達祖詠物詞常可見到擬物爲人手法的運用，如〈雙雙燕〉：

> 過春社了，度簾幕中間。去年塵冷。差池欲住，試入舊巢相並。還相雕梁藻井。又軟語、商量不定。飄然快拂花梢，翠尾分開紅影。　芳徑，芹泥雨潤。愛貼地爭飛，競夸輕俊。紅樓歸晚，看足柳昏花暝。應自栖香正穩，便忘了、天涯芳信。愁損玉人，日日畫闌獨憑。

此首詞全篇都使用了擬人法，以「欲住」、「軟語」、「商量不定」、「爭」、「競夸」、「看足」、「忘了」等詞將燕人性化，賦予人的神情、心理、動作，使燕的神態逼眞，活靈活現。

如：

> 洛神一醉未醒。（〈隔浦蓮・荷花〉）

將荷花比擬爲洛水女神宓妃，以動詞「醉」、「醒」將荷花人性化。

又如：

> 亭亭不語，多應嗔賦玉井。（〈隔浦蓮・荷花〉）

以「不語」、「嗔」將荷花人性化。

如：

> 館娃春睡起。爲發妝酒暖，臉霞輕膩。冰霜一生裡。
> 厭從來冷澹，粉腮重洗。胭脂暗試。（〈瑞鶴仙・紅梅〉）

將紅梅比擬爲西施，以「發妝」、「粉腮重洗」、「胭脂暗試」等動作來寫紅梅的姿色。

如：

> 不知夜久，都無人見，玉妃起舞。（〈龍吟曲‧雪〉）

將滿天飛舞的白雪比擬爲翩翩起舞的玉妃，姿態美麗動人。

如：

> 燕子不知愁，驚墮黃昏淚。（〈海棠春令〉）

此句將燕子與海棠擬人化，海棠心中有愁，於黃昏時感受特別孤單，
落下了眼淚，燕子因「不知」海棠爲何流淚而感到心「驚」。

如：

> 玉容寂寞誰爲主？寒食新晴愁幾許？前身清澹似梅
> 妝，遙夜依微留月住。香迷蝴蝶飛時路。雪在秋千來往處。
> 黃昏著了素衣裳，深閉重門聽夜雨。（〈玉樓春‧賦梨花〉）

將梨花擬人化，寫成一位含愁的美人，繼而又具體描繪出梨花是畫了
梅花妝的美人。「著素衣裳」寫出梨花的顏色，而「聽夜雨」的動作
則表現出梨花的寂寞。

如：

> 廣寒夜搗玄霜細。玉龍睡重癡涎墜。鬥合一團嬌。偎
> 人暖欲消。　心情雖軟弱，也要人摶搦。寶扇莫驚秋。
> 班姬應更愁。（〈菩薩蠻‧賦軟香〉）

廣寒宮的月兔會搗仙藥，玉龍會酣睡留下龍涎，而寶扇則害怕秋日的
來臨，此首詞將月兔、玉龍、寶扇都擬人化了。

如：

> 秀肌豐麗，韵多香足，綠勻紅注。（〈留春令‧金林檎
> 詠〉）

將林檎比擬爲一位肌膚豐潤、臉頰上有美麗裝飾的美人，「韵」字則
寫出她的標致。

如：

> 月弄仙人佩色。（〈蘭陵王‧南湖以碧蓮見寄，次韵謝
> 之〉）

月光戲弄仙人身上有顏色的裝飾物，此句以動詞「弄」將月擬人化，
才能展現裝飾物在月光下閃爍著光輝的樣子。

　　如：

　　　　便愁醺醉青虬，蜿蜿無力，戲穿碎、一屏新繡。（〈祝
　　英臺近‧薔薇〉）

以「醉」、「戲」將薔薇的藤莖擬人化，生動的寫出彎曲的藤莖就像酒
醉的人，身子沒有力氣，可能在嬉戲之時，無意間將刺弄傷了花朵。

　　如：

　　　　見郎和笑拖裙，匆匆欲去，驀忽地，挂留芳袖。（〈祝
　　英臺近‧薔薇〉）

「驀忽地，挂留芳袖」將薔薇擬人化，寫成一個天真多情的女子，會
撒嬌的拉著人的衣袖。

　　如：

　　　　做冷欺花，將烟困柳，千里偷催春暮。盡日冥迷，愁
　　裡欲飛還住。驚粉重、蝶宿西園，喜泥潤，燕歸南浦。（〈綺
　　羅香‧春雨〉）

此處將春雨、蝶、燕擬人化。春雨「欺侮」春花，「帶來」如烟似霧
的天氣，「困住」正要發芽的柳枝，它打算偷偷的將春天「打發」走；
「宿」、「喜」、「歸」字則使蝴蝶、燕具有人的動作與情感。

　　如：

　　　　東風欲障新暖。（〈東風第一枝‧春雪〉）

春風挾帶著白雪，想要阻擋初生的暖意，此處以「障」將東風擬人化。

　　如：

　　　　青未了、柳回白眼。紅欲斷、杏開素面。（〈東風第一
　　枝‧春雪〉）

將柳芽與杏花擬人化，柳芽被雪遮掩住似人的眼睛，紅色的杏花覆蓋
著一層白雪如女子撲上了粉。

　　如：

　　　　聞說東風亦多情，被竹外，香留住。（〈留春令‧詠梅
　　花〉）

以「多情」將東風擬人化，因為梅花散發的香味，讓東風產生了憐惜

梅花之情，而捨不得去吹落花瓣使梅花凋謝。

（二）擬人為物

擬人為物又稱為「擬物法」，即使人物性化，表面上寫的是動物、植物或無生命之物，實際上借這些物的特質來突顯出人的某種行為、遭遇，可以將強烈的感情融入在所描寫之物中。

如：

> 紅樓歸晚，看足柳昏花暝。應自棲香正穩，便忘了、天涯芳信。（〈雙雙燕〉）

借留戀春景晚歸的燕子來比擬朝廷上下不圖振作、陶醉在太平生活裡的人。

如：

> 若隨荔子華清去，定空埋、身外芳名。（〈風入松‧茉莉花〉）

借不被統治者喜愛而無法進入宮裡，但能保持美好的聲譽的茉莉花，來擬寫自己品格高潔。

如：

> 待惜取團圓，莫教分散。（〈齊天樂‧賦橙〉）

借未分瓣的橙肉，表達自己與妻子永遠不分散的心願。

（三）擬人為人

擬人為人，即用他人來比擬自己，或藉他人來比擬主要描寫的對象，通常本體不會出現，所出現的擬體是他人，而真正要顯示、強調的是藏在其中的自己或描寫的對象。

如：

> 愁損玉人，日日畫闌獨憑。（〈雙雙燕〉）

以天天獨倚畫闌，等待丈夫歸來的少婦，比擬期待收復故土的人。

如：

> 誰敢把、紅兒比並。（〈惜奴嬌〉）

以能歌善舞、姿色殊絕的杜紅兒比擬心中所愛的人。

如：

> 子期老矣，不堪嫋酒重聽。（〈夜合花・賦笛〉）

以三國魏向秀自比，自傷年華老去。

如：

> 秋風早入潘郎鬢，斑斑遽驚如許。（〈齊天樂・白髮〉）

以晉詩人潘岳自比，兩人同是中年鬢髮初白。

如：

> 郎潛幾縷。漸疏了銅駝。（〈齊天樂・白髮〉）

以漢顏駟自比，自傷不見用於世，無法發揮才華。

如：

> 天念王昌忒多情，換巢鸞鳳教偕老，溫柔鄉，醉芙蓉、
> 一帳春曉。（〈換巢鸞鳳・梅意〉）

以王昌自比，因為自己和他一樣多情。

三、以彼代此

借代，是以彼代此，不直接說出要敘述的人或事物，而借用與它有密切關係的其他事物名稱來替代。所要敘述的人或事物為「本體」，用來替代的事物為「代體」。詠物詞講究鍊句，如沈義父《樂府指迷》云：「鍊句下語，最是緊要，如說桃，不可直說破桃，須用『紅雨』、『劉郎』等字。」〔註53〕，因此運用借代可使詞意有含蓄美、距離美，亦可使語言形象顯明，啟發讀者的聯想。

史達祖詠物詞所使用的借代技巧，可從以相關典故代本體、以部分代全體、以特徵相同的物事代本體、以專指代泛指四種類型來看。

（一）以相關典故代本體

如：

〔註53〕南宋・沈義父《樂府指迷》，唐圭璋編：《詞話叢編（一）》（北京：中華書局，2005 年 10 月），頁 280。

　　　　光直下，蛟龍穴。聲直上，蟾蜍窟。（〈滿江紅・中秋
　夜潮〉）

用「嫦娥奔月」之典，以「蟾蜍」代月。

　　如：

　　　　漫相思，桃葉桃根，舊家姊妹。（〈瑞鶴仙・紅梅〉）

桃葉、桃根兩人爲姊妹，色藝雙全，同爲晉王獻之的愛妾，此處以「桃
葉桃根」代指歌妓。

（二）以部分代全體

　　此爲以本體的部分來做替代，如：

　　　　恐鳳鞋、挑菜歸來，萬一灞橋相見。（〈東風第一枝・
　春雪〉）

以「鳳鞋」代指詞人所思念的閨中人。

　　如：

　　　　柳枝巷陌深朱戶。（〈桃源憶故人・賦桃花〉）

以「柳枝巷陌」代指妓女聚集居住之處，以「朱戶」代指妓院。

　　如：

　　　　綴取霧窗，曾唱幾拍清音。（〈月當廳〉）

以「霧窗」代指妓院。

　　如：

　　　　相思因甚到纖腰。（〈換巢鸞鳳・梅意〉）

以「纖腰」代指美人。

　　如：

　　　　過章臺、記得春風乍見，倚簾吹絮。（〈龍吟曲・雪〉）

以「章臺」代指宮庭。

（三）以特徵相同或相似的物事代本體

　　如：

　　　　白璧舊帶秦城夢，因誰拜下，楊柳樓心。（〈月當廳〉）

「白璧」指的是白色的玉璧，用以代指皎潔的月亮。

如：

> 有物揩磨金鏡淨，何人拿攫銀河決。（〈滿江紅·中秋夜潮〉）

「金鏡」用以代指皎潔澄圓的月亮。

（四）以專指代泛指

如：

> 驚粉重、蝶宿西園，喜泥潤，燕歸南浦。（〈綺羅香·春雨〉）

以「西園」泛指一般園林，以「南浦」泛指西南面水邊草地。

如：

> 最妨他、佳約風流，鈿車不到杜陵路。（〈綺羅香·春雨〉）

「杜陵」是漢代的縣名，此處以「杜陵」泛指京都郊外的風景區。

如：

> 隱約遙峰，和淚謝娘眉嫵。（〈綺羅香·春雨〉）

「謝娘」為唐代名妓謝秋娘，此處以「謝娘」泛指美人。

如：

> 紅樓歸晚，看足柳昏花暝。（〈雙雙燕〉）

以「紅樓」泛指富家婦女所居住之處。

如：

> 如今姚魏俱無，風標較消瘦。（〈祝英臺近·薔薇〉）

「姚黃」是宋代姚姓人家所培育的千葉黃花，「魏紫」是五代魏仁溥家所培育的千葉肉紅花。〔註54〕此處以「姚魏」泛指牡丹佳品。

如：

> 永以南枝為好。（〈龍吟曲·問梅劉寺〉）

以「南枝」泛指家鄉。

〔註54〕參見王步高：《梅溪詞校注》（天津：天津人民出版社，1994 年 10 月），頁 110。

四、襯以托之

　　襯托，即爲了突出本體，以相似、相關或相反、相對的事物或思想作爲背景，從旁陪襯、烘托；用以襯托本體的稱爲「襯體」。史達祖詠物詞中即運用襯托來突出正面或反面的事物，表達出強烈的感情。根據本體與襯體之間的相關、相似或相對、相反的關係，可從正襯、反襯兩種類型來看史氏詠物詞的襯托技巧。

（一）正襯

　　正襯，即以和本體相關或相似的事物來正面襯托本體，本體、襯體的情調是正面相似的，可加深歡樂或是悲傷的情緒。

　　　　如：

　　　　　　黃昏著了素衣裳，深閉重門聽夜雨。（〈玉樓春・賦梨花〉）

以夜裡無盡的雨聲來襯出佳人的寂寞與愁思。

　　　　如：

　　　　　　明霞烘透春機杼。春在明霞多處。（〈桃源憶故人・賦桃花〉）

以一大片顏色鮮豔的桃花襯出明媚的春光。

　　　　如：

　　　　　　人臥碧紗幮淨，香吹雪練衣輕。（〈風入松・茉莉花〉）

以躺在綠紗帳之中、被帶著花香的微風拂動絹衣的美人來襯出茉莉花之美。

　　　　如：

　　　　　　光直下，蛟龍穴。聲直上，蟾蜍窟。（〈滿江紅・中秋夜潮〉）

以直入深淵的明亮月光和聲響直入月宮的洶湧潮水，來襯出心中欲收復故士的激情與豪氣。

　　　　如：

　　　　　　共淒涼處，琵琶溢浦，長嘯蘇門。（〈夜合花・賦笛〉）

以琵琶聲與長嘯聲來襯托出淒涼哀怨的笛聲。

如：

> 夢回人世，寥寥夜月，空照天津。(〈夜合花‧賦笛〉)

以寂寥的月兒襯出內心的深沉感嘆。

如：

> 江路梅愁，灞陵人老，又騎驢去。(〈龍吟曲‧雪〉)

以乘驢馬襯出自己職位卑微、俸祿微少。

如：

> 盡日冥迷，愁裡欲飛還住。(〈綺羅香‧春雨〉)

以連綿不斷的春雨襯出心中的惆悵。

（二）反襯

反襯，即使用和本體相反或相對的事物，從反面襯托本體，可使主要描述的事物或思想清楚的顯現出來。

如〈雙雙燕〉以成雙成對、自由快樂的春燕來反襯孤獨憔悴的閨中少婦；也暗示苟於偏安的人，陶醉在歡樂之中，襯出期望抗金的中原父老之愁苦。〈隔浦蓮‧荷花〉則以荷花處在安穩的環境、做著閒適的夢比對將來可能遭受到被人催折的危機；並且以目前國家的太平景象，比對未來可能遭遇的不幸。〈桃源憶故人‧賦桃花〉則以美麗的春光襯出現今佳人已逝、美景只能獨賞的落寞。

再如：

> 燕子不知愁，驚墮黃昏淚。(〈海棠春令〉)

以不懂得春愁的燕子比對因春愁而落淚的海棠，再襯出宮中女子之愁。

如：

> 綰流蘇，垂錦綬。烟外紅塵逗。莫倚苺墻，花氣釅如酒。(〈祝英臺近‧薔薇〉)

以「流蘇」「錦綬」寫出城市的繁華景象，襯出薔薇生長的「苺墻」是幽靜偏僻的。

如：

> 夜深綠霧侵涼月，照晶晶、花葉分明。(〈風入松・茉莉花〉)

秋夜月光下，茉莉花深綠的葉叢，襯出花朵的潔白明亮。

如：

> 若隨荔子華清去，定空埋、身外芳名。(〈風入松・茉莉花〉)

以被唐玄宗、楊貴妃喜愛而進入宮中的荔枝，襯出能保持美名的茉莉花是高潔的。

如：

> 千障碧，一聲清。杜人間，兒女簫笙。(〈夜合花・賦笛〉)

人世間歡樂的簫笙之聲沉寂了，便襯出哀怨的笛聲。

如：

> 沉沉江上望極，還被春潮晚急，難尋官渡。隱約遙峰，
> 和淚謝娘眉嫵。臨斷岸、新綠生時，是落紅、帶愁流處。
> 記當日、門掩梨花，剪燈深夜語。(〈綺羅香・春雨〉)

春雨使潮水湍急，而難以找到渡船，詞人回憶起昔日與故人秉燭夜談，襯出今日回鄉無望的孤寂生活。

五、善用對偶

　　對偶，即把平仄相反、字數相同、結構相同、意義相關的兩個句子對稱的排列在一起，以表示相反、相關的意思。詞的句式參差不齊，使用對偶可以形成工巧的效果，使語言形式均衡、對稱，語音節奏和諧、明快；而由於詞在平仄相對方面限制不若詩嚴格，因此在表現上較為靈活，如沈祥龍《論詞隨筆》所云：「詞中對句，貴整鍊工巧，流動脫化，而不類於詩賦。」〔註55〕。史達祖詠物詞常將細微縝密的

―――――――――
〔註55〕清・沈祥龍《論詞隨筆》，唐圭璋編：《詞話叢編（五）》（北京：中華書局，2005 年 10 月），頁 4051。

觀察心思與豐富的情感注入到對偶句中，鋪陳景物時精巧細膩，具有變化流動之美，且言簡意豐，整鍊工巧，亦增強了藝術的感染力。以下從並列對、當句對、流水對、隔句對、帶逗對等句式來看史達祖詠物詞使用的對偶技巧。

（一）並列對

並列對，即並舉相對的兩個事物。如：

縮流蘇，垂錦綬。（〈祝英臺近‧薔薇〉）

冷截龍腰，偷拿鸞爪。（〈夜合花‧賦笛〉）

琵琶溢浦，長嘯蘇門。（〈夜合花‧賦笛〉）

香迷蝴蝶飛時路。雪在秋千來往處。（〈玉樓春‧賦梨花〉）

唐昌觀里東風軟。齊王宮外芳名遠。（〈菩薩蠻‧賦玉蕊花〉）

桂子典刑邊。梅花伯仲間。（〈菩薩蠻‧賦玉蕊花〉）

龐茸鎪暖雪。瑣細雕晴月。（〈菩薩蠻‧賦玉蕊花〉）

雁翅霜輕，鳳羽寒深。（〈醉公子‧詠梅寄南湖先生〉）

水村攜酒，烟墅留屐。（〈醉公子‧詠梅寄南湖先生〉）

人臥碧紗幬淨，香吹雪練衣輕。（〈風入松‧茉莉花〉）

有物揩磨金鏡淨，何人拿攪銀河決。（〈滿江紅‧中秋夜潮〉）

光直下，蛟龍穴。聲直上，蟾蜍窟。（〈滿江紅‧中秋夜潮〉）

激氣已能驅粉黛，舉杯便可吞吳越。（〈滿江紅‧中秋夜潮〉）

銀界回天，瓊田易地。（〈龍吟曲‧雪〉）

江路梅愁，灞陵人老。（〈龍吟曲‧雪〉）

細雨重移，新霜試摘。（〈齊天樂‧賦橙〉）

倚風融漢粉，坐月怨秦簫。(〈換巢鸞鳳‧梅意〉)

暗握荑苗，乍嘗櫻顆。(〈換巢鸞鳳‧梅意〉)

春風模樣，霜月心腸。(〈瑞鶴仙‧紅梅〉)

竹杖敲苔，布鞋踏凍。(〈龍吟曲‧問梅劉寺〉)

愁消秀句，寒回斗酒。(〈龍吟曲‧問梅劉寺〉)

指嫩香隨甲影，頸寒秋入雲邊。(〈西江月‧賦木犀香
數珠〉)

（二）當句對

即句中音段互對，也就是一句中自成對偶。如：

鏤月描雲。(〈惜奴嬌〉)

似紅如白含芳意。(〈海棠春令〉)

烟輕雨細。(〈海棠春令〉)

秀肌豐靨，韵多香足，綠勻紅注。(〈留春令‧金林檎
詠〉)

愁裡欲飛還住。(〈綺羅香‧春雨〉)

還相雕梁藻井。(〈雙雙燕〉)

看足柳昏花暝。(〈雙雙燕〉)

一片樵林釣浦。(〈龍吟曲‧雪〉)

倚簾吹絮。(〈龍吟曲‧雪〉)

冰橋雪嶺。(〈惜奴嬌〉)

烟梢月樹。(〈留春令‧詠梅花〉)

一泓春水點黃昏。(〈留春令‧詠梅花〉)

被高樓橫管。(〈瑞鶴仙‧紅梅〉)

桃葉桃根。(〈瑞鶴仙‧紅梅〉)

俊游儔侶。(〈齊天樂‧白髮〉)

儲風養月。(〈龍吟曲‧問梅劉寺〉)

分開綠蓋素袂濕。(〈蘭陵王‧南湖以碧蓮見寄，次韵

謝之〉〉

慣識雨愁烟恨。(〈隔浦蓮・荷花〉)

（三）流水對

流水對，又稱爲「串對」，即上下兩聯描寫的是同一事物，表達一個完整的內容，如一水奔流，且上下句意相關、連貫，構成承接、因果、假設、遞進、轉折、條件等關係。如：

暖雪侵梳，晴絲拂領。(〈齊天樂・白髮〉)

巧沁蘭心，偷黏草甲。(〈東風第一枝・春雪〉)

謾疑碧瓦難留，信知暮寒較淺。(〈東風第一枝・春雪〉)

飄然快拂花梢，翠尾分開紅影。(〈雙雙燕〉)

做冷欺花，將烟困柳。(〈綺羅香・春雨〉)

千障碧，一聲清。(〈夜合花・賦笛〉)

纖手靜，七星明。(〈夜合花・賦笛〉)

之子逃空，伊人遁世。(〈龍吟曲・問梅劉寺〉)

（四）隔句對

隔句對，又稱爲「扇面對」，即第一句與第三句對，第二句與第四句對。如：

驚粉重、蝶宿西園，喜泥潤，燕歸南浦。(〈綺羅香・春雨〉)

臨斷岸、新綠生時，是落紅、帶愁流處。(〈綺羅香・春雨〉)

青未了、柳回白眼。紅欲斷、杏開素面。(〈東風第一枝・春雪〉)

（五）帶逗對

帶逗對，即以領格字帶引偶句。如：

愛貼地爭飛，競夸輕俊。(〈雙雙燕〉)

正愁橫斷塢，夢繞溪橋。(〈換巢鸞鳳・梅意〉)

　　　　記雪映雙腕，刺縈絲縷。(〈蘭陵王‧南湖以碧蓮見寄，
次韵謝之〉)

　　　　念香襟沾恨，酥手翦愁。(〈醉公子‧詠梅寄南湖先生〉)

　　　　想橘友荒涼，木奴嗟怨。(〈齊天樂‧賦橙〉)

　　　　待惜取團圓，莫教分散。(〈齊天樂‧賦橙〉)

　　詞又稱爲長短句，句式參差爲其特點，然詞中使用巧妙的對偶以
形成勻稱的藝術效果，可見詞人之匠心。史達祖善於煉句，張炎就曾
稱讚史氏「平易中有句法」〔註56〕，在句法方面，史氏使用了大量工
整凝鍊的對偶，並將之自然的融入詠物詞中，這些對句往往能成爲整
首詞的精華之處，亦可使詠物詞具有和諧、流麗的藝術效果，以及音
律諧婉之美，詞的內容因此更爲豐厚深刻。

六、用典使事

　　用典使事是中國文學中一個普遍的現象，它主要是有一定的閱歷
和豐富學養的作家在創作時爲了更透徹地表達內在感情，或是強化傳
達內在的感受，或是使傳達更加委婉含蓄的一種遣詞造句的方式。用
典使事，即援引典故，約可分兩類，一是引用前人的語詞稱「語典」，
二是引用古人的故事稱「事典」。用典使事爲南宋人創作詠物詞常用
以寄託情思的重要手法，宋沈義父曾說：

　　　　如詠物，須時時提調，覺不可曉，須用一兩件事印證
　　方可。〔註57〕

　　因爲詞的篇幅較短，容量有限，因此，詠物必須用與所詠之物相
關的典故，便能擴大生活內容的含量，增加作品的信息量。清人彭孫
遹則說：

　　　　詠物詞，極不易工，要須字字刻畫，字字天然，方爲

〔註56〕宋‧張炎《詞源》，唐圭璋編：《詞話叢編（一）》（北京：中華書局，
　　　2005 年 10 月），頁 258。
〔註57〕南宋‧沈義父《樂府指迷》，唐圭璋編：《詞話叢編（一）》（北京：
　　　中華書局，2005 年 10 月），頁 279。

上乘。即問一使事，亦必脫化無跡乃妙。〔註58〕

意味著詞中用典必須要自然貼切，水乳交融，要著題卻能融化不澀。詞人用典使事若能將之自然的熔鑄於文字之中，才屬佳作。

在詠物詞中運用典故可使文字凝鍊，內容豐富，表現出詞人的學識、才華，使詞意婉轉曲折，免於直率之弊，增強詞的表現力，並能喚起讀者言外之聯想。南宋詞壇結社逞采之風盛行，又政局動盪不安，文人更喜在詞中使事用典，以寄託對時代的感懷，史達祖在詠物詞中喜歡用典使事，且善於脫化運用典故，借古喻今，曲折寫出心中的情感，在細密的思致安排中，包含了隱曲的深意，因此造成距離之美感。以下從化用語典、化用事典兩類來看史達祖詠物詞的用典使事技巧。

（一）化用語典

化用語典，即取前人詩、詞、文中的語詞或意象，再變出新意，用經自己重新改造、鍛鍊的文字來表達。史達祖化用語典可從詩、賦、詞三方面來看。

1. 詩

史達祖喜愛化用前人的詩句，如：

> 差池欲住。（〈雙雙燕〉）

出自《詩經》的〈邶風・燕燕〉：「燕燕于飛，差池其羽。」〔註59〕

如：

> 涉江幾度和愁摘。（〈蘭陵王・南湖以碧蓮見寄，次韵謝之〉）

出自〈古詩十九首〉：「涉江采芙蓉，蘭澤多芳草」〔註60〕

〔註58〕清・彭孫遹《金粟詞話》，唐圭璋編：《詞話叢編（一）》（北京：中華書局，2005 年 10 月），頁 725。

〔註59〕屈萬里選注：《詩經選注》（臺北縣：正中書局股份有限公司，2001 年 10 月），頁 24。

〔註60〕鄭文惠等選注：《歷代詩選注》（臺北市：里仁書局，1998 年 10 月），頁 87。

　　如：

　　　　搖曳楚衣。（〈蘭陵王・南湖以碧蓮見寄，次韵謝之〉）

「楚衣」化用〈離騷〉的「製芰荷以爲衣兮，集芙蓉以爲裳。」

〔註61〕

　　如：

　　　　天涯芳信。（〈雙雙燕〉）

化自江淹〈擬李都尉從軍〉：「袖中有短書，願寄雙飛燕。」〔註62〕

除此之外，有不少語典出自於唐詩，如：

　　　　似紅如白含芳意。錦宮外、烔輕雨細。（〈海棠春令〉）

化自鄭谷〈海棠〉：「春風用意勻顏色，銷得攜觴與賦詩。穠麗最宜新

著雨，嬌饒全仕欲開時。」〔註63〕

　　如：

　　　　玉容寂寞誰爲主？（〈玉樓春・賦梨花〉）

　　化自白居易〈長恨歌〉：「玉容寂寞淚闌干，梨花一枝春帶雨。」

〔註64〕

　　如：

　　　　黃昏著了素衣裳，深閉重門聽夜雨。（〈玉樓春・賦梨

　花〉）

化自劉方平〈春怨〉：「寂寞空庭春欲晚，梨花滿地不開門。」〔註65〕

　　如：

　　　　鬥合一團嬌。（〈菩薩蠻・賦軟香〉）

〔註61〕傅錫壬注譯：《新譯楚辭讀本》（臺北市：三民書局股份有限公司，
　　　　2005 年 10 月），頁 10。

〔註62〕宋・郭茂倩編撰：《樂府詩集（一）》（臺北市：里仁書局，1999 年 1
　　　　月），卷 32，頁 480。

〔註63〕清・聖祖御定：《全唐詩（十）》（臺北市：文史哲出版社，1978 年
　　　　12 月），卷 675，頁 7738。

〔註64〕清・聖祖御定：《全唐詩（七）》（臺北市：文史哲出版社，1978 年
　　　　12 月），卷 435，頁 4819。

〔註65〕清・聖祖御定：《全唐詩（四）》（臺北市：文史哲出版社，1978 年
　　　　12 月），卷 251，頁 2840。

化自段成式〈柔卿解籍戲呈飛卿三首〉：「未有長錢不求鄴錦，且令裁取一團嬌。」〔註66〕

如：

誰駕七香車。(〈菩薩蠻‧賦玉蕊花〉)

化自劉禹錫〈和嚴給事聞唐昌觀玉蕊花下有游仙二絕〉：「玉女來看玉蕊花，異香先引七香車。」〔註67〕

如：

梅花未落，年年怨入江城。(〈夜合花‧賦笛〉)

化自李白〈與史郎中欽聽黃鶴樓上吹笛〉：「黃鶴樓中吹玉笛，江城五月落梅花。」〔註68〕

如：

人間公道惟此，嘆朱顏也恁，容易墮去。(〈齊天樂‧白髮〉)

化自杜牧〈送隱者一絕〉：「公道世間唯白髮，貴人頭上不曾饒。」〔註69〕

如：

搔來更短。(〈齊天樂‧白髮〉)

化自杜甫〈春望〉：「白頭搔更短，渾欲不勝簪。」〔註70〕

如：

驚粉重、蝶宿西園，喜泥潤，燕歸南浦。(〈綺羅香‧春雨〉)

〔註66〕清‧聖祖御定：《全唐詩（九）》（臺北市：文史哲出版社，1978 年12 月），卷 584，頁 6769。

〔註67〕清‧聖祖御定：《全唐詩（六）》（臺北市：文史哲出版社，1978 年12 月），卷 365，頁 4122。

〔註68〕清‧聖祖御定：《全唐詩（三）》（臺北市：文史哲出版社，1978 年12 月），卷 182，頁 1856。

〔註69〕清‧聖祖御定：《全唐詩（八）》（臺北市：文史哲出版社，1978 年12 月），卷 523，頁 5988。

〔註70〕清‧聖祖御定：《全唐詩（四）》（臺北市：文史哲出版社，1978 年12 月），卷 224，頁 2404。

化自李商隱〈細雨成詠獻尙書河東公〉：「稍稍落蝶粉，斑斑融燕泥。」〔註71〕

如：

沉沉江上望極，還被春潮晚急，難尋官渡。（〈綺羅香・春雨〉）

化自韋應物〈滁州西澗〉：「春潮帶雨晚來急，野渡無人舟自橫。」〔註72〕

如：

隱約遙峰，和淚謝娘眉嫵。（〈綺羅香・春雨〉）

化自韋莊〈嘆落花〉：「一夜霏微露溼煙，曉來和淚喪嬋娟。」〔註73〕

如：

剪燈深夜語。（〈綺羅香・春雨〉）

化自李商隱〈夜雨寄北〉：「何當共剪西窗燭，卻話巴山夜雨時」。〔註74〕

如：

行天入鏡，做弄出、輕鬆纖軟。（〈東風第一枝・春雪〉）

化自韓愈〈春雪〉：「入鏡鸞窺沼，行天馬度橋。」〔註75〕

如：

細雨重移。（〈齊天樂・賦橙〉）

出自杜甫〈遣意二首〉：「細雨更移橙。」〔註76〕

〔註71〕清・聖祖御定：《全唐詩（八）》（臺北市：文史哲出版社，1978 年 12 月），卷 541，頁 6250。

〔註72〕清・聖祖御定：《全唐詩（三）》（臺北市：文史哲出版社，1978 年 12 月），卷 193，頁 1995。

〔註73〕清・聖祖御定：《全唐詩（十）》（臺北市：文史哲出版社，1978 年 12 月），卷 695，頁 7997。

〔註74〕清・聖祖御定：《全唐詩（八）》（臺北市：文史哲出版社，1978 年 12 月），卷 539，頁 6151。

〔註75〕清・聖祖御定：《全唐詩（五）》（臺北市：文史哲出版社，1978 年 12 月），卷 343，頁 3842。

〔註76〕清・聖祖御定：《全唐詩（四）》（臺北市：文史哲出版社，1978 年

如：

瑤姬齒軟。(〈齊天樂·賦橙〉)

「齒軟」出自韓偓的〈幽窗〉：「手香江橘嫩，齒軟越梅酸。」〔註77〕

如：

向黃昏、竹外寒深，醉裡爲誰偷倚？(〈瑞鶴仙·紅梅〉)

化自杜甫〈佳人〉：「天寒翠袖薄，日暮倚修竹。」〔註78〕

如：

涼秋半破。(〈滿江紅·中秋夜潮〉)

「半破」出自韓愈〈合江亭〉：「窮秋感平分，新月憐半破。」〔註79〕
而語典出自宋詩的，如：

燭花偏在紅簾底。(〈海棠春令〉)

反用蘇軾〈海棠〉：「只恐夜深花睡去，故燒高燭照紅妝。」〔註80〕
再如：

一涓春水點黃昏，便沒頓、相思處。(〈留春令·詠梅花〉)

化自林逋〈山園小梅〉：「疏影橫斜水清淺，暗香浮動月黃昏。」〔註81〕

2.賦

語典出自於賦的，如：

誰曾見，羅襪去時，點點波間冷雲積。(〈蘭陵王·南
湖以碧蓮見寄，次韵謝之〉)

「羅襪」出自於曹植〈洛神賦〉的「凌波微步，羅襪生塵。」〔註82〕

---

12 月)，卷 226，頁 2438。

〔註77〕清·聖祖御定：《全唐詩（十）》（臺北市：文史哲出版社，1978 年
12 月)，卷 683，頁 7830。

〔註78〕清·聖祖御定：《全唐詩（四）》（臺北市：文史哲出版社，1978 年
12 月)，卷 218，頁 2287。

〔註79〕清·聖祖御定：《全唐詩（五）》（臺北市：文史哲出版社，1978 年
12 月)，卷 337，頁 3777。

〔註80〕北京大學古文獻研究所編：《全宋詩（十四）》（北京：北京大學出版
社，1993 年 9 月)，卷 805，頁 9333。

〔註81〕北京大學古文獻研究所編：《全宋詩（二）》（北京：北京大學出版社，
1991 年 7 月)，卷 106，頁 1218。

　　如：

　　　　相思舊飛鷁。(〈蘭陵王・南湖以碧蓮見寄，次韵謝之〉)

化自梁元帝〈採蓮賦〉的「鷁首徐迴，兼傳羽杯。」〔註83〕

　　如：

　　　　漫想像風裳，追恨瑤席(〈蘭陵王・南湖以碧蓮見寄，
　　次韵謝之〉)

「追恨瑤席」出自謝朓〈七夕賦〉：「臨瑤席而宴語，綿含睇而蛾
揚。」〔註84〕

　　如：

　　　　心應折。(〈滿江紅・中秋夜潮〉)

出自江淹〈別賦〉：「使人意奪神駭，心折骨驚。」〔註85〕

3. 詞

　　史氏詠物詞中化用宋詞的詞句，如：

　　　　玉容寂寞誰爲主？(〈玉樓春・賦梨花〉)

化自秦觀的〈調笑令・王昭君〉：「玉容寂寞花無主。」〔註86〕

　　如：

　　　　黃昏著了素衣裳，深閉重門聽夜雨。(〈玉樓春・賦梨
　　花〉)

化自李重元的〈憶王孫・春詞〉：「欲黃昏。雨打梨花深閉門。」〔註87〕

　　如：

〔註82〕傅隸樸選注：《賦選注》(臺北市：正中書局，1977 年 8 月)，頁 116。
〔註83〕唐・歐陽詢等撰：《藝文類聚》(臺北市：文光出版社，1977 年 8 月)，
　　　　卷 82，頁 1404。
〔註84〕唐・歐陽詢等撰：《藝文類聚》(臺北市：文光出版社，1977 年 8 月)，
　　　　卷 4，頁 79。
〔註85〕見宋安華編選：《歷代名賦選》(鄭州：黃河文藝出版社，1988 年 4
　　　　月)，頁 121。
〔註86〕唐圭璋編纂：《全宋詞（一）》(北京：中華書局，2005 年 1 月)，頁
　　　　598。
〔註87〕唐圭璋編纂：《全宋詞（二）》(北京：中華書局，2005 年 1 月)，頁
　　　　1350。

最妨他、佳約風流，鈿車不到杜陵路。(〈綺羅香・春雨〉)

化自周邦彥的〈大酺・春雨〉:「最先念、流潦妨車轂。」〔註88〕

如:

記當日、門掩梨花。(〈綺羅香・春雨〉)

同樣化自李重元的〈憶王孫・春詞〉。

如:

過春社了，度簾幕中間。(〈雙雙燕〉)

化自辛棄疾〈賀新郎・和吳明可給事安撫〉:「正值春光二三月，兩兩燕穿簾幕。」〔註89〕

如:

冷截龍腰，偷拿鷺爪。(〈夜合花・賦笛〉)

化自蘇軾〈水龍吟〉中的「龍須半翦，鳳膺微漲，玉肌勻繞。」〔註90〕

如:

楚山長鎖秋雲。(〈夜合花・賦笛〉)

化自蘇軾〈水龍吟〉中的「楚山修竹如雲。」〔註91〕

如:

暖雪侵梳，晴絲拂領，栽滿愁城深處。(〈齊天樂・白髮〉)

化自辛棄疾〈水調歌頭〉:「白髮寧有種，一一醒時栽。」〔註92〕

如:

嘆朱顏也恁，容易墮去。(〈齊天樂・白髮〉)

〔註88〕唐圭璋編纂:《全宋詞（二）》（北京:中華書局，2005 年 1 月），頁 785。

〔註89〕唐圭璋編纂:《全宋詞（三）》（北京:中華書局，2005 年 1 月），頁 2548。

〔註90〕唐圭璋編纂:《全宋詞（一）》（北京:中華書局，2005 年 1 月），頁 357～358。

〔註91〕唐圭璋編纂:《全宋詞（一）》（北京:中華書局，2005 年 1 月），頁 357～358。

〔註92〕唐圭璋編纂:《全宋詞（三）》（北京:中華書局，2005 年 1 月），頁 2417。

化自秦觀〈望海潮〉：「悵朱顏易失，翠被難留。」〔註93〕

如：

> 漸疏了銅駝。俊游儔侶。(〈齊天樂·白髮〉)

化自秦觀〈望海潮〉：「金谷俊游，銅駝巷陌，新晴細履平沙。」〔註94〕

如：

> 楊柳樓心。(〈月當廳〉)

化自晏幾道〈鷓鴣天〉：「舞低楊柳樓心月，歌盡桃花扇影風。」〔註95〕

如：

> 蔌蔌吳鹽輕點。(〈齊天樂·賦橙〉)

「吳鹽」出自周邦彥〈少年游〉：「并刀如水，吳鹽勝雪，纖手破新橙。」
〔註96〕

（二）化用事典

化用事典，就是略語取意，脫去故事外部經驗中的具體細節，如來龍去脈、時間、地點等，而取其普遍意、抽象意以用之。〔註97〕史達祖善於化用事典，所使用的典故與詠物詞的內容能緊密結合，並貼切的表達其心跡，以下列舉出史氏詠物詞中所化用的事典：

1. 貴妃春睡

《冷齋夜話》引《太眞外傳》記載道：「上皇登沉香亭，詔太眞妃子。妃子時卯醉未醒，命力士從侍兒扶掖而至。妃子醉顏殘妝，鬢亂釵橫，不能再拜。上皇笑曰：『豈是妃子醉，眞海棠睡未

〔註93〕唐圭璋編纂：《全宋詞（一）》（北京：中華書局，2005 年 1 月），頁586。

〔註94〕唐圭璋編纂：《全宋詞（一）》（北京：中華書局，2005 年 1 月），頁586。

〔註95〕唐圭璋編纂：《全宋詞（一）》（北京：中華書局，2005 年 1 月），頁290。

〔註96〕唐圭璋編纂：《全宋詞（二）》（北京：中華書局，2005 年 1 月），頁781。

〔註97〕參見李若鶯編著：《唐宋詞鑑賞通論》（高雄市：高雄復文圖書出版社，1996 年 9 月），頁 364。

足耳。』」〔註98〕

例句：

> 夢著玉環嬌，又被東風醉。（〈海棠春令〉）

用此典詠海棠嬌豔之美，含蓄的指出宮中女子無法得到寵幸的哀怨。

2. 壽陽妝額

《太平御覽》記載道：「武帝女壽陽公主，人日（正月初七）臥於含章簷下，梅花落公主額上，成五出之，華拂之不去，皇后留之，自後有梅花妝，後人多效之。」〔註99〕

例句：

> 前身清澹似梅妝。（〈玉樓春・賦梨花〉）

用此典詠梨花素雅之美。

3. 班婕妤詠扇

班婕妤〈怨歌行〉序云：「昔漢成帝班婕妤失寵，供養於長信宮，乃作賦自傷，並爲〈怨詩〉一首。」，詩云：「新裂齊紈素，鮮潔如霜雪。裁爲合歡扇，團團似明月。出入君懷袖，動搖微風發。常恐秋節至，涼風奪炎熱。棄捐篋笥中，恩情中道絕。」〔註100〕

例句：

> 寶扇莫驚秋。班姬應更愁。（〈菩薩蠻・賦軟香〉）

秋日的來臨使詞人聯想到班婕妤，用此典融入了宮怨詩。

4. 長門陳皇后

陳皇后因司馬相如的〈長門賦〉才又得到親幸。司馬相如〈長門賦〉序云：「孝武皇帝陳皇后時得幸，頗妒，別在長門宮，愁悶悲思，聞蜀郡成都司馬相如，天下工爲文，奉黃金百斤，爲相如文君取酒，

〔註98〕 宋・惠洪撰、李保民校點：《冷齋夜話》，收於《宋元筆記小說大觀（二）》（上海：上海古籍出版社，2007年3月），卷1，頁2167。

〔註99〕 宋・李昉等撰：《太平御覽（四）》（北京：中華書局，2006年6月），卷970，頁4299。

〔註100〕 陳・徐陵編、清・吳兆宜注：《玉臺新詠箋注》（臺北市：明文書局，1988年7月），卷1，頁26。

因於解悲愁之辭。而相如為文以悟主上，陳皇后復得親幸。」〔註101〕

例句：

> 翦取東風入金盤，斷不買，臨邛賦。(〈留春令‧余林檎詠〉)

「臨邛賦」指的就是〈長門賦〉，司馬相如之妻為臨邛人，司馬相如曾在臨邛賣酒，詞人故將〈長門賦〉名臨邛賦。用長門陳皇后之事，意指林檎本就十分受到喜愛，無須擔心會被冷落。

5. 鄭交甫遇二女

《韓詩外傳》記載：「鄭交甫將南適楚，遵彼漢皋臺下。乃遇二女佩兩珠大如荊雞之卵。」〔註102〕

例句：

> 漢江側。月弄仙人佩色。(〈蘭陵王‧南湖以碧蓮見寄，次韻謝之〉)

用此典中的兩珠以狀在月光下的荷花，並鋪陳出荷花的生長環境。

6. 雙燕寄書

王仁裕的《開元天寶遺事‧傳書燕》記載女子紹蘭托雙燕寄書之事：「長安豪民郭行先，有女子紹蘭。適巨商任宗，為賈於湘中，數年不歸，復音書不達。紹蘭目睹堂中有雙燕戲於梁間，蘭長吁而語於燕曰：『我聞燕子自海東來，往復必徑由於湘中。我婿離家不歸數歲，蔑有音耗，生死存亡弗可知也，欲憑爾附書，投於我婿。』言訖淚下，燕子飛鳴上下，似有所諾。蘭復問曰：『爾若相允，當泊我懷中。』燕遂飛於膝上。蘭遂吟詩一首云：「我婿去重湖，臨窗泣血書，殷勤憑燕翼，寄與薄情夫。」蘭遂小書其字，繫於足上，燕遂飛鳴而去。任宗時在荊州，忽見一燕飛鳴於頭上。宗訝視之，燕遂泊於肩上，見

〔註101〕 費振剛、仇仲謙、劉南平校注：《全漢賦校注》(廣州：廣東教育出版社，2005 年 9 月)，頁 130。

〔註102〕 劉達純譯注：《韓詩外傳譯注》(長春：東北師範大學出版社，1993年 5 月)，頁 365。

有一小封書，繫在足上。宗解而視之，乃妻所寄之詩。宗感而泣下，燕復飛鳴而去。宗次年歸，首出詩示蘭。」〔註103〕

例句：

> 便忘了、天涯芳信。（〈雙雙燕〉）

用此典寫閨中少婦殷切期盼丈夫音訊的心情。

7. 貴妃喜食荔枝

楊貴妃喜愛吃荔枝，唐玄宗為了討好佳人，常命人遠從千里之外運送荔枝回長安，李肇的《唐國史補》卷上就記載道：「楊貴妃生於蜀，好食荔枝。南海所生，尤甚蜀者，故每歲飛馳以進。」〔註104〕

例句：

> 若隨荔子華清去，定空埋、身外芳名。（〈風入松・茉莉花〉）

以此典反思，幸而茉莉花無法進宮，得以保持美名，這給予未獲賞識的詞人心靈上的安慰。

8. 潮神伍子胥

春秋時伍子胥忠而被謗，含冤而死，據說死後為潮神，《太平廣記》記載：「伍子胥累諫吳王，賜屬鏤劍而死，臨終，戒其子曰：『懸吾首於南門，以觀越兵來，以鮧魚皮裹吾屍，投於江中，吾當朝暮乘潮，以觀吳之敗。』自是自海門山，潮頭洶高數百尺，越錢塘漁浦，方漸低小；朝暮再來，其聲震怒，雷奔電走百餘里，時有見子胥乘素車白馬在潮頭之中，因立廟以祠焉。盧州城內泥河岸上，亦有子胥廟。每朝暮潮時，泥河之水，亦鼓怒而起，至其廟前，高一二尺，廣十餘丈，食頃乃定，俗云：『與錢塘潮水相應焉。』」〔註105〕

〔註103〕 唐・王仁裕撰：《開元天寶遺事》，收於《唐代筆記小說（二）》（石家莊：河北教育出版社，1994年4月），卷3，頁419。

〔註104〕 唐・李肇撰：《唐國史補》（臺北市：世界書局，1962年2月），卷上，頁19。

〔註105〕 宋・李昉等編：《太平廣記（六）》（北京：中華書局，2003年6月），卷291，頁2315。

例句：

想子胥、今夜見嫦娥，沉冤雪。（〈滿江紅·中秋夜潮〉）

以此典寫出關於錢塘江潮的聯想。

9. 白居易作〈琵琶行〉與阮籍見孫登於蘇門山之事

白居易被貶為江州司馬後，有一次於溢浦口送客之時，聽到鄰舟的琵琶之聲，便請女子來舟中彈奏，在聽她訴說自己的身世之後，白居易有所感而寫下〈琵琶行〉。〈琵琶行〉序寫道：「元和十年，予左遷九江郡司馬。明年秋，送客溢浦口，聞舟中夜彈琵琶者。聽其音，錚錚然有京都聲。問其人，本長安倡女，嘗學琵琶於穆曹二善才；年長色衰，委身為賈人婦。遂命酒，使快彈數曲。曲罷，憫默。自敘少小時歡樂事，今漂淪憔悴，轉徙於江湖間，予出官二年，恬然自安，感斯人言，是夕始覺有遷謫意。」〔註106〕

《晉書·阮籍傳》記載：「籍嘗於蘇門山遇孫登，與商略終古及栖神導氣之術，登皆不應，籍因長嘯而退。至半嶺，聞其聲若鸞鳳之音，響乎岩谷，乃登之嘯也。」〔註107〕

例句：

共淒涼處，琵琶溢浦，長嘯蘇門。（〈夜合花·賦笛〉）

用此兩個典故表達出詞人耳中所聽到的笛聲，與溢浦口的琵琶聲、蘇門山上的長嘯聲，同樣都是悽涼哀怨的。

10. 向秀聞笛聲而思念故人

三國魏人向秀，字子期，曾在經過已故好友嵇康、呂安的故居時，聽見鄰人清亮的笛聲，有感而發寫下了〈思舊賦〉來抒發懷念故人之情。〈思舊賦〉序中說：「余與嵇康、呂安居止接近，……其後各以事見法……余逝將西邁，經其舊廬，于時日薄虞淵，寒冰淒

〔註106〕　清·聖祖御定：《全唐詩（七）》（臺北市：文史哲出版社，1978年12月），卷435，頁4821。

〔註107〕　唐·房玄齡等撰、楊家駱主編：《新校本晉書並附編六種二》（臺北縣：鼎文書局，1979年），卷49，頁1362。

然，鄰人有吹笛者，發音寥亮，追思曩昔遊宴之好，感音而嘆，故作賦云……」〔註108〕

例句：

當時低度西鄰。天淡闌干欲暮，曾賦高情。子期老矣，不堪攜酒重聽。(〈夜合花‧賦笛〉)

以此典暗示悼念韓侂冑之意，並以向秀自喻。

11. 李謨偷譜記曲

元稹〈連昌宮詞〉有「李謨擫笛傍宮牆，偷得新翻數般曲。」句，元稹自注云：「又明皇嘗於上陽宮夜後按新翻一曲。屬明夕正月十五日，潛游燈下，忽聞酒樓上有笛奏前夕新曲，大駭之。明日密遣捕捉笛者，詰驗之。自云：『其夕竊於天津橋玩月，聞宮中度曲，遂於橋柱上插譜記之，臣即長安少年善笛者李謨也。』明皇異而遣之。」〔註109〕

例句：

夢回人世，寥寥夜月，空照天津。(〈夜合花‧賦笛〉)

此典扣緊笛聲而寫，表達出天津橋夜景給詞人的落寞感。

12. 潘岳之鬢

潘岳為晉代詩人，曾在〈秋興賦〉序云：「余春秋三十有二，始見二毛。」，〈秋興賦〉中則提到：「班鬢髟以承弁兮，素髮颯以垂領。」。〔註110〕

例句：

秋風早入潘郎鬢，斑斑遽驚如許。(〈齊天樂‧白髮〉)

以此典表示自己中年鬢髮初白的心情。

〔註108〕 傅隸樸選注：《賦選注》(臺北市：正中書局，1977 年 8 月)，頁223。

〔註109〕 清‧聖祖御定：《全唐詩(六)》(臺北市：文史哲出版社，1978 年 12 月)，卷419，頁4612。

〔註110〕 傅隸樸選注：《賦選注》(臺北市：正中書局，1977 年 8 月)，頁239～240。

13. 茂陵女

《西京雜記》卷三提到：「司馬相如將聘茂陵人女爲妾，卓文君作〈白頭吟〉以自絕，相如乃止。」〔註111〕

例句：

> 尚想春情，舊吟凄斷茂陵女。(〈齊天樂·白髮〉)

以此典安慰自己在政治上不幸之悲。

14. 陸展染鬢髮

《宋書·謝靈運傳》記載何長瑜曾寫詩諷刺陸展染髮之事：「臨川王義慶招集文士，長瑜自國侍郎至平西記式參軍。嘗於江陵寄書與宗人何勗，以韻語序義慶州府僚佐云：『陸展染鬢髮，欲以媚側室。青青不解久，星星行復出。』」〔註112〕

例句：

> 渾不重緇，撚來更短。(〈齊天樂·白髮〉)

以此典感嘆自己無論做什麼，也無法挽回逝去的青春。

15. 都衛顏駟老於郎署

《後漢書·張衡傳》注引〈漢武故事〉曰：「上至郎署，見一老郎，鬢眉皓白，問：『何時爲郎？何其老也？』對曰：『臣姓顏，名駟，以文帝時爲郎。文帝好文而臣好武，景帝好老而臣尚少，陛下好少而臣已老，是以三葉不遇也。』上感其言，擢爲會稽都尉也。」〔註113〕

例句：

> 郎潛幾縷。漸疏了銅駝。(〈齊天樂·白髮〉)

詞人以顏駟來比喻自己，感嘆自己不見用於世。

〔註111〕　東晉·葛洪編纂、成林等譯注：《西京雜記》(臺北市：地球出版社，1994年9月)，頁147。

〔註112〕　梁·沈約等撰、楊家駱主編：《新校本宋書附索引三》(臺北市：鼎文書局，1987年5月)，卷67，頁1775。

〔註113〕　宋·范曄等撰、楊家駱主編：《新校本後漢書並附編十三種三》(臺北市：鼎文書局，1978年)，卷59，頁1926。

16. 姮娥奔月

《淮南子》曰:「譬若羿請不死之藥於西王母,姮娥竊以奔月。」,東漢許慎、高誘注作「姮娥,羿妻。羿請不死之藥於西王母,未及服之,姮娥盜食之,得仙,奔入月中,為月精也。」 〔註114〕

例句:

  殘雲事緒無人拾,恨匆匆、藥娥歸去難尋。(〈月當廳〉)

以此典暗指無人關心自己的遭遇。

17. 王徽之於雪夜訪戴逵

劉義慶《世說新語·任誕》記載:「王子猷居山陰,夜大雪,眠覺,開室,命酌酒,四望皎然。因起徬徨,詠左思〈招隱〉詩,忽憶戴安道,時戴在剡,即便夜乘小船就之。經宿方至,造門不前而返。人問其故,王曰:『吾本乘興而行,興盡而返,何必見戴?』」 〔註115〕

例句:

  舊游憶著山陰。(〈東風第一枝·春雪〉)

山陰是史達祖好友高觀國的故鄉,史氏用此典表達思念好友之意。

18. 司馬相如雪天赴梁王兔園宴

謝惠連〈雪賦〉寫道:「梁王不悅,游於兔園。置旨酒,命賓友,召鄒生,延枚叟。相如末至,居客之右。俄而微霰零,密雪下。」 〔註116〕

例句:

  厚盟遂妨上苑。(〈東風第一枝·春雪〉)

以此典想起自己昔日曾在雪天出遊的回憶。

19. 挑菜

唐宋以來挑菜節為二月初二日,原為民間風俗,後傳至宮廷中,

〔註114〕 西漢·劉安等撰、許匡一譯注:《淮南子(上)》(臺北市:臺灣古籍出版有限公司,2005年12月),頁409～410。

〔註115〕 南朝宋·劉義慶著、里望譯注:《世說新語》(太原:山西古籍出版社,2004年1月),頁219。

〔註116〕 宋安華編選:《歷代名賦選》(鄭州:黃河文藝出版社,1988年4月),頁90。

周密《武林舊事》記載：「二月二日，宮中排辦挑菜御宴。先是內苑預備朱綠花斛，下以羅帛作小卷，書品目於上，繫以紅絲，上植生菜、薺花諸品。俟宴酬樂作，自中殿以次，各以金篦挑之。」〔註117〕

例句：

　　　　恐鳳鞋、挑菜歸來。（〈東風第一枝‧春雪〉）

以此風俗表現懷念愛人的情思。

20. 灞橋風雪

孫光憲《北夢瑣言》載曰：「唐相國鄭綮雖有詩名，……或曰：『相國近有新詩否？』對曰：『詩思在灞橋風雪中驢子上，此處何以得之？蓋言平生苦心也。』」〔註118〕

例句：

　　　　萬一灞橋相見。（〈東風第一枝‧春雪〉）

以此典點染春雪。

21. 歌妓杜紅兒

《唐才子傳》記載羅虬的事蹟云：「時雕陰籍中有妓杜紅兒，善歌舞，姿色殊絕，嘗為副戎屬意。會副戎聘鄰道，虬久慕之，至是請紅兒歌，贈以繒彩。孝恭以為副戎所貯，從事則非禮，勿令受眖，虬不稱意，怒，拂衣起，詰旦，手刃殺之。孝恭以虬激己坐之。傾會赦。虬追其冤，於是取古之美女有姿豔才德者，作絕句一百首，以比紅兒，當時盛傳。……序曰：『紅兒美貌年少，機智慧悟，不與群妓等。余知紅者，擇古灼然美色，優劣於章句間。』」〔註119〕

例句：

　　　　誰敢把、紅兒比並。（〈惜奴嬌〉）

〔註117〕　宋‧周密撰：《武林舊事（一）》，收於《知不足齋叢書第十六函》（臺北市：藝文印書館，1966 年），卷 2，頁 20。

〔註118〕　宋‧孫光憲撰：《北夢瑣言》，收於《中國野史集成（四）》（成都：巴蜀書社，1993 年），卷 7，頁 34～35。

〔註119〕　戴揚本注譯：《新譯唐才子傳》（臺北市：三民書局股份有限公司，2005 年 9 月），卷 9，頁 549～550。

詞人以此典暗示愛人的身分為歌妓，且姿色是可以和杜紅兒相較的。

22. 陶淵明〈桃花源記〉

陶淵明所寫的〈桃花源記〉記載東晉孝武帝時，武陵漁父誤入桃花源，居住在這與世隔絕之地的人，自云先世避秦時亂才來此，漁父離開桃花源之後，往見太守說此遭遇，太守派人前往尋找，卻迷路找不到此地。〔註 120〕

例句：

> 我是有詩漁父，一夢秦天古。（〈桃源憶故人・賦桃花〉）

以此典表示消極避世的想法。

23. 蕭史弄玉

劉向《列仙傳》卷上云：「蕭史者，秦穆公時人也。善吹簫，能致孔雀、白鶴於庭。穆公有女，字弄玉，好之，公遂以女妻焉。日教弄玉作鳳鳴，居數年，吹似鳳聲，鳳凰來止其屋，公為作鳳臺，夫婦止其上，不下數年。一旦，皆隨鳳凰飛去，故秦人為作鳳女祠於雍宮中，時有簫聲而已。」〔註 121〕

例句：

> 坐月怨秦簫。（〈換巢鸞鳳・梅意〉）

以此典悼念交往已久的歌妓，羨慕神仙夫妻能長相廝守。

24. 王昌

王昌是個丰姿俊逸，才情茂美的男子。〔註 122〕《襄陽耆舊記》記載曰：「王昌，字公伯，為東平相、散騎常侍。早卒。婦是任城王曹子文女。」〔註 123〕

〔註 120〕 鄭文惠等選注：《歷代詩選注》（臺北市：里仁書局，1998 年 10 月），頁 213～214。

〔註 121〕 漢・劉向撰：《列仙傳》（上海：上海古籍出版社，1995 年 2 月），頁 11。

〔註 122〕 參見張永義選注：《南宋風雅詞箋》（北京：當代世界出版社，2009 年 10 月），頁 77。

〔註 123〕 東晉・習鑿齒撰、黃惠賢校補：《襄陽耆舊記》（河南：中州古籍出

例句：

天念王昌忒多情。(〈換巢鸞鳳‧梅意〉)

詞人以多情有才華的王昌自比。

25. 唐昌觀

唐昌觀為唐代的寺觀名，位於長安，以玄宗女唐昌公主而名，觀中有玉蕊花，相傳為公主手植，所以又名為玉蕊院。〔註124〕《劇談錄》記載云：「上都安業坊唐昌觀，舊有玉蕊花，其花每發若瑤林瓊樹，元和中春物方盛，車馬尋玩者相繼。忽一日，有女子年可十七八，衣綠繡衣，乘馬，峨髻雙鬟，無簪珥之飾，容色婉約，迥出於眾，從以二女冠、三小僕，僕者皆川頭黃杉，端麗無比。既卜馬，以白角扇障面，直造花所，異香芬馥，聞於數十步之外，觀者以為出自宮掖，莫敢逼而視之，佇立良久，令小僕取花數枝而出，將乘馬，迴謂黃冠者曰：『曩者玉峰之約，自此可以行矣。』時觀者如堵，咸覺烟霏鶴唳，景物輝煥，舉轡百餘步，有輕風擁塵，隨之而去，須臾塵滅，望之已在半空，方悟神仙之遊，餘香不散者經月餘日。」〔註125〕

例句：

唐昌觀里東風軟。(〈菩薩蠻‧賦玉蕊花〉)

以此典詠玉蕊花，將玉蕊花與神仙作連結。

26. 天女散花

維摩詰和菩薩、弟子議論佛法的時候，天女為了測試諸菩薩弟子是否已斷一切慾念，便以花散在眾人身上。心無所執著的菩薩，身上的花朵自然墜落，而心有所執著的弟子，身上的花朵反而拂之不去。《維摩經‧觀眾生品》記載：「時維摩詰室有一天女，見諸大人，聞

版社，1987 年 3 月)，頁 44。

〔註124〕　參見王步高：《梅溪詞校注》(天津：天津人民出版社，1994 年 10 月)，頁 140。

〔註125〕　唐‧康駢撰：《劇談錄》，收入《叢書集成續編‧第 104 冊》(臺北市：新文豐出版公司，1989 年 7 月)，卷下，244。

所說法，便現其身，即以天華散諸菩薩大弟子上。華至諸菩薩，即皆墮落，至大弟子，便著不墮。一切弟子神力去華，不能令去。爾時天問舍利弗，何故去華？答曰：『此華不如法，是以去之。』天曰：『勿謂此華爲不如法，所以者何，是華無所分別，仁者自生分別想耳。若於佛法出家，有所分別，爲不如法；若無所分別，是則如法。觀諸菩薩華不著者，已斷一切分別想故。譬如人畏時，非人得其便，如是弟子畏生死故，色聲香味觸得其便也，已離畏者，一切五欲無能爲也。結習未盡，華著身耳；結習盡者，華不著也。』」〔註126〕

　　例句：

　　　　只宜結贈散花天。（〈西江月・賦木犀香數珠〉）

以此典暗示愛情爲自己和愛人所執著之事。

　　史氏詠物詞幾乎篇篇用典使事，在用前人語典方面，能做到貼切自然，清人戈載認爲史達祖學習周邦彥化用唐詩，雖未能及，但肯定此手法爲史氏所長：

　　　　周清眞善運化唐人詩句，最爲詞中神妙之境。而梅溪
　　亦擅其長，筆意更爲相近。〔註127〕

史氏善於從前人的詩、詞、賦成語中翻新出奇，並不直接援引成辭，觀其詠物詞之遣詞造句，除了在字面上有變異，情境上亦有所變化，能緊扣主題，化用手法十分純熟，變化之巧妙已是豐富多姿，可謂融化無痕、渾成自然。在用事典方面，少用僻典故而無晦澀之弊，能因詞使事，出入自如，達到張炎所謂的「用事不爲事所使」〔註128〕，行文顯得厚重典雅，並常於所使之事中有寄託，可以引發讀者對所使之事與所表之意產生類比聯想，清人劉熙載曾云：

〔註126〕　東晉・鳩摩羅什譯、東晉・僧肇述：《維摩經註》（苗栗縣：無量壽出版社，1978年9月），卷5，頁116～117。

〔註127〕　清・戈載〈梅溪詞跋〉，金啓華等編：《唐宋詞集序跋匯編》（臺北市：臺灣商務印書館，1993年2月），頁239。

〔註128〕　參見宋・張炎《詞源》，唐圭璋編：《詞話叢編（一）》（北京：中華書局，2005年10月），頁261。

> 詞之妙，莫妙於以不言言之，非不言也，寄言也。

〔註 129〕

以此觀之，史氏詠物詞之高妙處就在於藉由用事典來「寄言」。

史氏借用前人富表現力的語典和事典，來滲出主體的審美感受，故能使詠物詞有渾融性及蘊藉之美。〔註 130〕

小　結

文學作品的美在內容與形式的有機統一，形式與內容必須相互適應，以達到外內表裡相符相稱，所以形式之美有其重要性，文學的形式，寧可強於文學內容，決不可弱於文學內容。詞人詠物之作的詞境創造和詞心抒寫，離不開嫻熟的藝術技巧，本章探討史達祖詠物詞的藝術技巧，共有三項重點：

一、善用類型化的意象以營造深幽曲折之詞境美

詞人詠物時為了能表達自己抽象的情思及符合自己的審美情趣，意象的經營就顯得十分重要，而意象的拼合與安排，可以留給讀者許多想像空間，且引起共鳴，進行再創造，作品也就餘韻無窮了。本章第一節探討史達祖所重複使用的四大意象，以見其詠物詞的意象經營。

史達祖二十六首詠物詞中，就有十四首使用了月意象。〈醉公子・詠梅寄南湖先生〉的「明月」意象，用以表達閒適的情致，並將明亮的月光與梅花之嬌美、高雅相襯；〈蘭陵王・南湖以碧蓮見寄，次韵謝之〉將月意象人格化營造神秘的氣氛，而月是美的象徵，月下佳人的意境，能顯出荷花與採荷女子超脫塵俗之美。史氏詠物詞

〔註 129〕　清・劉熙載《詞概》，唐圭璋編：《詞話叢編（四）》（北京：中華書局，2005 年 10 月），頁 3707。

〔註 130〕　參見龍建國：〈史達祖詞的創作分期與藝術風貌〉，《文學遺產》，1995 年第 6 期，頁 59。

中的月意象不僅只有光亮的面向而已，能由視覺擴大至溫度、觸覺的感受，如〈風入松‧茉莉花〉的「涼月」意象，強調茉莉花的潔白；〈龍吟曲‧雪〉的「冷月」意象，描寫寒冷的氣息。不同於一般文人將月與嫦娥合而爲一，用以表達閨怨與鄉思，史氏詠物詞中展現的是滿腔欲收復故土的豪情，〈滿江紅‧中秋夜潮〉中的月與嫦娥是正義的代表，月意象是一面可以讓一切的眞相大白、一切冤屈得以昭雪的明鏡。〈夜合花‧賦笛〉將月意象與笛聲的意象組接，使其感染力更爲強烈，從聽覺到視覺都被孤獨與感慨圍繞。詠月詞〈月當廳〉將「白璧」、「殘雲」、「藥娥」的意象拼合，象徵的是詞人孤寂無依之感。〈瑞鶴仙‧紅梅〉則是以月爲純潔、高潔的象徵。

　　史氏詠物詞有十二首使用了水意象。如〈留春令‧詠梅花〉以柔性的水來映現兒女之情，承載傷離意緒；〈桃源憶故人‧賦桃花〉的「胭脂雨」是詞人悽婉欲絕的相思淚。〈玉樓春‧賦梨花〉以水意象來狀愁。〈綺羅香‧春雨〉以水意象來表達對人生哲理的思索。〈海棠春令〉以水意象來點化出烟水濛濛的空間，正適合襯托女子心中幽微的情思。詞中的意境多水，就可以增加詞的婉約情致，如〈綺羅香‧春雨〉營造出春雨中迷茫淒冷的氣氛，春雨延伸而出的無垠空間，籠罩著陰鬱的氣息，牽引出無奈之感；〈蘭陵王‧南湖以碧蓮見寄，次韵謝之〉用密集的水意象群來建構烟水迷離的詞境，能鋪陳荷花生長的環境，呈現出迷人的水鄉景致。水意象不只能展現柔情，亦能展現豪情，〈滿江紅‧中秋夜潮〉所詠的錢塘江潮，一變水柔弱的面貌，而以強烈的力道沖激出詞人欲收復故土的豪情，因此水意象是詞人勇氣的象徵。

　　史氏詠物詞有十二首使用了夢意象。有以夢意象來寄託相思之情，表現對愛人的深切思念，如〈換巢鸞鳳‧梅意〉藉由夢爲兩人創造出再次相聚的機會，以補現實中的遺憾；〈留春令‧詠梅花〉透過夢來追憶與愛人共有的美好時光。〈瑞鶴仙‧紅梅〉中夢境的虛幻讓詞人面對在現實生活裡，無法擁抱愛人的遺憾。〈龍吟曲‧問梅劉寺〉

中，輕盈的蝴蝶在朦朧的夢境裡為詞人引路，重遊舊地是對她的追念。〈隔浦蓮・荷花〉以夢意象來表達對國家前途的憂慮，沉醉在「鷗夢」中的人與清醒的詞人形成強烈的對比。〈夜合花・賦笛〉以夢意象來表達孤寂與對友人的追憶，心中充滿無比的惆悵與感傷。〈海棠春令〉、〈蘭陵王・南湖以碧蓮見寄，次韵謝之〉透過夢意象傳達出女子嬌弱的情態與心中的愁思。〈桃源憶故人・賦桃花〉以夢寄託心靈的超拔及遠離俗世的思想。

　　史氏詠物詞中使用酒意象的有十首，且常使用「醉」字。如〈醉公子・詠梅寄南湖先生〉藉酒以怡情助興，展現出騷人墨客的風雅。〈夜合花・賦笛〉中的酒意象象徵的是愁苦的情懷。〈換巢鸞鳳・梅意〉以酒意象來表達愛情的甜蜜。〈龍吟曲・問梅劉寺〉中的酒是抒發濃厚思念之情的媒介。〈海棠春令〉中佳人醉酒，姿態各異。〈瑞鶴仙・紅梅〉以酒意象來呈現佳人之美。〈隔浦蓮・荷花〉以酒意象來象徵達官貴人的醉生夢死，可見詞人「眾人皆醉我獨醒」的愛國情懷。

　　紛繁的萬物在經過詞人細膩心靈的點化之後，幻化為多采多姿的意象，能增加作品的張力。月意象、水意象、夢意象、酒意象是史達祖在詠物詞中喜歡使用的四大意象。月與水都是屬性較為陰柔之物：月在史達祖的眼中是高潔的象徵，也是正義的化身，史氏詠物詞中並非只用月意象表不遇之哀情而已，還表達了與友人賞梅的閑情雅致，以及滿腔的愛國熱血；史氏亦常用月的溫度與亮度來營造神秘感，或是突出所詠之物的特色，使其在月光的襯托之下形象更為鮮明。而史氏喜歡使用水意象，與所居住的南國景致多水有關，其詠物詞中以水意象來建構縹緲迷離的詞境，除此之外，史氏透過水意象展現雄心壯志，或是思索人生，表達真摯的相思，可見剛化的水與柔化的水，沖刷出史氏的理性與感性。愛情在史氏的生命中是重要的，夢意象可以暫時消解愛人離去的遺憾。而夢境中能與愛人相聚，亦能脫離俗世，是史氏心靈的補償，然而夢醒之後，仍舊要面對孑然一身的孤寂與國

家的危機，因此夢意象能適切的表達詞人濃濃的愁緒。史氏用酒意象來表達自己真實的感情，或是為詞中佳人之美增色，又對於國難當前卻視而不見的人，以酒意象表達表面含蓄、實質卻強烈的批評，可知史氏的酒是伴隨著愛情、雅興、政治而入喉，有甜蜜、有苦澀，使詠物詞中的酒香因豐富的人生滋味而散發出來。

　　史氏善用此四種具有類型化的意象來營造深幽曲折的詞境美，他將這些與歷史文化傳統有聯繫的意象，經過創新之後，使這些意象滋生出新的意義，從而具有多義性，且在幾個有限的文字中便蘊涵了千百年的歷史和文化認同，獲得了穩定性，這種穩定性可以引發讀者產生藝術想像。由此可見，意象的多義性與穩定性並存，為史氏詠物詞的藝術特色。

二、善用不同的抒情結構從而達到「寓整齊於變化之　　中」的和諧統一

　　本章第二節從「距離遠近的展現法」、「室內、室外的視野轉移法」、「空間高低的變動法」、「今昔轉移的時間流動法」、「抽象總說與具體分述法」、「情景相副，婉轉關生法」、「多種事物並列而異流同歸主旨法」來探討史達祖詠物詞的章法結構安排。

　　〈祝英臺近・薔薇〉利用「距離遠近的展現法」的「由遠而近」結構可突出詞中焦點，〈龍吟曲・雪〉、〈綺羅香・春雨〉則以「由近而遠」結構使景物形成清晰、模糊的對比。「室內、室外的視野轉移法」適於抒寫哀怨之情：「由室外而室內」的結構，如〈海棠春令〉、〈玉樓春・賦梨花〉、〈風入松・茉莉花〉；「室內-室外-室內」的結構，如〈雙雙燕〉。運用「空間高低的變動法」呈現的空間具有立體的美感，俯視的角度可以形成深闊之感，仰視的角度可產生景物的崇高之感：「由高而低」的結構如〈東風第一枝・春雪〉；「由低而高」的結構如〈滿江紅・中秋夜潮〉。「今昔轉移的時間流動法」可使作品情韻綿邈：「由今而昔」的倒敘法結構如〈綺羅香・春雨〉、〈齊天樂・賦

橙〉、〈換巢鸞鳳·梅意〉;「由今而昔而今」的追敘法結構如〈月當廳〉、
〈桃源憶故人·賦桃花〉、〈龍吟曲·問梅劉寺〉、〈留春令·詠梅花〉。
「抽象總說與具體分述法」兼具抽象性與具象性:「先分述,再總說」
的結構如〈隔浦蓮·荷花〉、〈西江月·賦木犀香數珠〉、〈醉公子·詠
梅寄南湖先生〉;「分述,總說,再分述」的結構如〈齊天樂·白髮〉、
〈惜奴嬌〉。運用「情景相副,婉轉關生法」使詞人獨特的情因景而
韻味悠長:「由景生情」的結構如〈龍吟曲·雪〉、〈瑞鶴仙·紅梅〉、
〈滿江紅·中秋夜潮〉、〈月當廳〉、〈東風第一枝·春雪〉;「由景而情
而景」的結構如〈夜合花·賦笛〉;「情景兼容而偏情」的結構如〈綺
羅香·春雨〉。作者盡情的聯想促成了自由的表達形式,而作品內部
的形象之間的缺口必須由讀者的理解來彌補,正是運用「多種事物並
列而異流同歸主旨法的」作品展現出來的特色:如〈菩薩蠻·賦軟香〉、
〈菩薩蠻·賦玉蕊花〉、〈留春令·金林檎詠〉、〈蘭陵王·南湖以碧蓮
見寄,次韻謝之〉。

　　史達祖詠物詞中所呈現的章法中,「抽象總說與具體分述法」、
「情景相副,婉轉關生法」、「多種事物並列而異流同歸主旨法」屬
於「調和性章法」,「距離遠近的展現法」、「室內、室外的視野轉移
法」、「空間高低的變動法」、「今昔轉移的時間流動法」屬於「中性
章法」。〔註 131〕「調和性章法」就是運用差異極小、關係相近的材
料組織而成的章法,容易形成柔和之美;而「中性章法」則因運用
的材料而形成對比與調和兩種形式。〔註 132〕

　　先從「調和性章法」來看,運用「抽象總說與具體分述法」的「先
分述,再總說」、「分述,總說,再分述」二種結構,分應的項目使主

〔註131〕 蒲基維將四十餘種章法概括爲「對比性章法」、「調和性章法」、「中
　　　　 性（對比兼調和）章法」三大類型。參見蒲基維著:《章法風格析
　　　　 論 —— 以蘇軾詞、姜夔詞爲考察對象（上）》（臺北縣:花木蘭文
　　　　 化出版社,2007 年 3 月）,頁 15。
〔註132〕 參見蒲基維著:《章法風格析論 —— 以蘇軾詞、姜夔詞爲考察對象
　　　　 （上）》（臺北縣:花木蘭文化出版社,2007 年 3 月）,頁 20～48。

旨統括的力量更為集中,可見詞人含蓄而堅定的情意與想法。運用「情景相副,婉轉關生」法的「由景生情」、「由景而情而景」二種結構,詞人以「我」之情為主,在具體的景物襯托之下,使詞餘韻不絕。至於以「多種事物並列而異流同歸主旨法」呈現的結構,多列出與所詠之物有關之典故,詞人將自身的情感抽離出來,雖思想性不高,但可見其自由聯想之創意。

再從「中性章法」來看,史達祖偏好使用空間的章法,他以「距離遠近的展現法」的「由遠而近」結構,成功的突顯詞中的焦點,也就是所詠之物,同時也突出了詞人本身的心志;「由近而遠」結構則使空間更為遼闊,收納具有不同層次變化的景物;以「室內、室外的視野轉移法」的「由室外而室內」、「室內-室外-室內」二種結構都能使室內之人與室外之物互相呼應,亦能適當的表達出女子的怨情,渲染出愁的氣氛;以「空間高低的變動法」的「由高而低」、「由低而高」二種結構使詞的空間更具立體感,亦充分表達所詠之物的特性。在時間的章法方面,以「今昔轉移的時間流動法」的「由今而昔」、「由今而昔而今」二種結構來寫關於愛情的種種回憶,表達孤寂的感懷,憶昔而傷今,在今與昔兩種不同時間的遭遇對比下,昔日之歡樂不可復得,歲月一逝不返,所以表現出一快樂、一失落,加重了悲傷悽惻的情調。

從史達祖詠物詞所呈現的章法結構可見其縝密的思路,而材料在其安排、加工組合之下,更增添了詠物詞的形式美。

三、善用不同修辭以豐富詞的審美效應

本章第三節就從巧設比喻、轉化生趣、以彼代此、襯以托之、善用對偶、用典使事六個方面來分析史達祖詠物詞的修辭技巧。

在巧設比喻方面,史達祖常將千言萬語濃縮凝煉為一個絕妙的比喻,可以提供讀者廣泛的想像餘地,其寫作詠物詞的比喻技巧有明喻、暗喻、借喻三大類型,其中借喻可以省略對於本體的直接描述,

符合詞人詠物而情意隱微的創作需求，是史達祖喜歡使用的手法。在轉化生趣方面，可以具體的傳達出人或物的形態、精神，塑造出鮮明的藝術形象，史達祖寫作詠物詞的轉化技巧，有擬物為人、擬人為物、擬人為人三大類型，史氏常運用擬物為人的手法，此手法的特色在於可使物的形象生動而親切可感，並且曲盡物性。運用以彼代此的方式可使詞意有含蓄美、距離美，亦可使語言形象顯明，啟發讀者的聯想，史達祖詠物詞所使用的借代技巧，有以相關典故代本體、以部分代全體、以特徵相同的物事代本體、以專指代泛指四種類型。在襯以托之方面，史達祖詠物詞中運用的襯托技巧可分為正襯、反襯兩種類型，用以突出正面或反面的事物，表達出強烈的感情。在善用對偶方面，史達祖詠物詞常將細微縝密的觀察心思與豐富的情感注入到對偶句中，鋪陳景物時精巧細膩，具有變化流動之美，且言簡意豐，整鍊工巧，亦增強了藝術的感染力，其使用的對偶技巧有並列對、當句對、流水對、隔句對、帶逗對等句式。在用典使事方面，詠物詞中運用典故可使文字凝鍊，內容豐富，表現出詞人的學識、才華，使詞意婉轉曲折，免於直率之弊，增強詞的表現力，並能喚起讀者言外之聯想，史達祖善於脫化運用典故，曲折寫出心中的情感，在細密的思致安排中，包含了隱曲的深意，因此造成距離之美感，其使用的用典使事技巧有化用語典、化用事典兩類。

　　史達祖擅長用不同的修辭手法，表達婉約的情感，而從所運用的修辭手法可見他對於事物的敏銳觀察力，以及奇特的聯想。

　　史氏詠物詞巧設比喻，將事物之間的關聯自然的連接起來，生動的表現出所吟詠的物態，並能適切傳達心中的情思；而由於史氏常用「借喻」手法，語甚生新，文字亦更為凝鍊。在轉化技巧方面，常可見到「擬物為人」手法的運用，故能曲盡物性，移情於物，使人與物相融。在借代技巧方面，能免於直捷說破之弊，展現所描寫對象的特色，詠物詞中的詞語因而新穎、富變化；又因具有暗示之意，使詞意有朦朧美，由於本體與代體的關係密切，能輕易引發廣

泛的共鳴。在襯托技巧方面，史氏用正襯、反襯的手法都能表達強烈的感情，渲染氣氛。而史氏善用對偶，使詞的節奏明快，鋪陳景物時可見細膩的思力安排，充分展現出他在語言運用上的高度技巧。張炎在《詞源》中曾云：「詞用事最難，要體認著題，融化不澀。」〔註133〕，以此觀之，史氏用典使事靈活且並不生僻，化用前人詩意與歷史故實都緊扣主題，進行不同側面的刻畫，能適當的烘出題面，也豐富了詠物詞中的形象、內涵，使語言精練且更為含蓄蘊藉。在化用語典上，史氏喜用唐人詩句，將詩中的意境移入詠物詞中，然而詞句看不出檃括的痕跡，能做到如沈祥龍所謂「用成語，貴渾成，脫化如出諸己。」〔註134〕；在化用事典上，則揉合了傳說、歷史故事、佛教典故，常能貼切表達愁苦落寞的心境。

　　史氏所運用的這些修辭技巧錘鍊出許多絕妙的詞語，提高了詞的藝術表現力，正符合張炎所云：「妙詞頗多，不獨措辭精粹。」〔註135〕，故其詠物詞可以予人深刻奇妙的感受。

〔註133〕　宋・張炎《詞源》，唐圭璋編：《詞話叢編（一）》（北京：中華書局，2005 年 10 月），頁 261。
〔註134〕　清・沈祥龍《論詞隨筆》，唐圭璋編：《詞話叢編（五）》（北京：中華書局，2005 年 10 月），頁 4059。
〔註135〕　宋・張炎《詞源》，唐圭璋編：《詞話叢編（一）》（北京：中華書局，2005 年 10 月），頁 263。

第六章　史達祖詠物詞之風格與評價

　　風格是造成作家與其作品與眾不同的要素，也是決定文學作品的意義和價值的關鍵。作家獨特的風格是作家創作個性在作品之中的體現，「優秀的作品常常在內容和形式的有機統一中顯示出較為一貫和穩定的創作個性，一種特殊的、為該作家所獨有的格調、神韻、氣勢和風采。」〔註1〕，因此當作家形成自己的風格，代表其創作已經臻於成熟。本章第一節剖析史達祖詠物詞所展現之風格類型，以見史氏詠物詞的整體風貌與特色。

　　其次，歷來關於史達祖詠物詞的評價，常被人品等於詞品的觀念所左右，容易流於偏差，因為文學審美評價與道德評價畢竟是不同層次的問題，人品並不等同於詞品。在挖掘出作品的時代精神、作家的獨創技巧與奧妙之關鍵後，必須將作家置於文學史的鍊條上，從整體來進行評價，方能給予客觀公允的評論，方能明瞭史達祖詠物詞的文學價值。本章第二節從在風雅詞派諸家中的地位及史達祖詠物詞對後人的影響兩個角度來探討史達祖詠物詞之整體評價。

〔註1〕黃雅莉：〈論文學的風格的形成〉，《國立新竹教育大學語文學報》，2006年12月第13期，頁29。

第一節　史達祖詠物詞所展現之風格類型

　　風格這一個名詞被應用於文學領域之中，首見於《文心雕龍》，其中的〈議對篇〉曰：

> 　　然仲瑗博古，而銓貫有敘；長虞識冶，而屬辭枝繁；及陸機斷議，亦有鋒穎；而諛辭弗翦，頗累文骨。亦各有美，風格存焉。〔註2〕

劉勰在議論應劭、傅咸、陸機三人的作品時，指出他們各有自己的風格，其所說的風格，就是作品的獨創性，能表現出作家不同於他人的特色所在。風格建立的基礎在於作家個人先天的稟賦與後天的境遇，故《文心雕龍·體性》篇說：

> 　　夫情動而言形，理發而文見，蓋沿隱以至顯，因內而符外者也。然才有庸儁，氣有剛柔，學有淺深，習有雅鄭，並情性所鑠，陶染所凝，是以筆區雲譎，文苑波詭者矣。故辭理庸儁，莫能翻其才；風趣剛柔，寧或改其氣；事義淺深，未聞乖其學；體式雅鄭，鮮有反其習：各師成心，其異如面。〔註3〕

此處說明情感受到現實激動而表露為語言，主觀思想引發後便顯現於文章，可見創作過程一個是由隱微到顯露的過程，作家根據內心強烈的情感來選擇外在的文章形式，並透過語言文字來凝結成作品，因此作家的性格與作品之風格關係密切。而由於作家本身先天稟賦的情性不同，後天環境的陶染也有別，就產生了不同的創作個性，顯現於文學作品之中，便有千姿百態的面貌，因此作品的風格乃決定於作家先天的才能、氣質與後天的學識、習染。

　　蔡英俊在研究六朝的「風格論」時，將風格定義為：

> 　　一是作者個性（才性）所展現的生命之姿，一是作品

〔註2〕梁·劉勰著：《文心雕龍·議對》，參見周振甫注：《文心雕龍注釋》（臺北市：里仁書局，1994年7月），頁389～390。

〔註3〕梁·劉勰著：《文心雕龍·體性》，參見周振甫注：《文心雕龍注釋》（臺北市：里仁書局，1994年7月），頁451。

文辭所表現的藝術之姿，兩者相互涵融而表徵一件作品（或
一系列作品）的完整形象。〔註4〕

此定義從創作者的角度出發，將作家內在的才情及外在的文辭綜合
而論，傳統「風格」一詞的語義內容包含了「由作品語文結構（文
理組織）所形成的藝術形相，及由作者主觀才性所展示的精神風貌」
〔註5〕，這兩層意義是探討作品風格之時，很重要的著眼點。

詞作的風格，是中心思想、語言、結構和地域、時代精神、文學
傳統的統一體，也是作家思想、個性稟賦、生活道路、藝術修養的綜
合表現。史達祖出身低微，又處於內外爭議「和戰」的政治環境，才
華滿腹卻不遇於時，只好屈居堂吏，最後因在政治上失勢而遭流放，
內在與外在的諸多因素形成了史氏的創作個性。史氏起伏的人生際遇
與高超的藝術技巧造就了精彩的詠物詞作，小我之感與大我之嘆都鎔
鑄於其中，在不同時期、不同處境、面對不同的題材，心境常有所轉
折與變化，因此在詠物詞作的表現上，也不會只是單一風格，而呈現
出不同的風貌。根據筆者的歸納有四：「奇秀清逸」、「柔媚淒婉」、「沉
鬱悲涼」、「豪邁縱放」，以下即根據四類來探討史達祖詠物詞所展現
之風格類型。

一、善以和暖之象與挺健之句營造奇秀清逸之風

宋張鎡在〈梅溪詞序〉中曾稱史詞：

辭情俱到，織綃泉底，去塵眼中，妥帖輕圓，特其餘
事。至於奪苕豔於春景，起悲音於商素，有瑰奇警邁，清
新閒婉之長，而無靡蕩汙淫之失。〔註6〕

宋姜夔〈題梅溪詞〉讚道：

〔註4〕蔡英俊著：《六朝「風格論」之理論與實踐探究》（國立臺灣大學中
文研究所碩士論文，1980年6月），頁14。

〔註5〕顏瑞芳、溫光華著：《風格縱橫談》（臺北市：萬卷樓圖書股份有限
公司，2003年2月），頁5。

〔註6〕宋·張鎡〈梅溪詞序〉，金啟華等編：《唐宋詞集序跋匯編》（臺北市：
臺灣商務印書館，1993年2月），頁238。

奇秀清逸，有李長吉之韻，蓋能融情景於一家，會句
意於兩得也。〔註7〕

清人吳衡照在《蓮子居詞話》中亦表達與姜夔一致的看法：

史邦卿奇秀清逸，爲詞中俊品。〔註8〕

清人紀昀在《欽定四庫全書》集部十提要中評論《梅溪詞》時則
云：

清詞麗句，在宋季頗屬錚錚。〔註9〕

由上述諸評可見，獨特的清詞麗句爲《梅溪詞》的特色，清新婉雅、
奇秀清逸之風爲《梅溪詞》的主體風格，亦成爲其詠物詞的顯著風格。
王宗樂在《宋詞選粹述評》中說：

邦卿爲南宋典雅派的重要詞人之一，上承清眞遺緒，
與白石、夢窗、碧山諸家之詞風相近；細玩其詞，雖無白
石之剛勁與夢窗之綿密，亦不若碧山之沉鬱，但清妍俊秀，
婉雅圓融，卻能樹立其獨具之風格。〔註10〕

王先生從詞人之間的比較視域來看史達祖詞的風格特色，肯定了在南
宋風雅詞派詞人中，史達祖清妍俊秀、婉雅圓融的詞風確實能獨樹一
格。

（一）偏嗜明麗輕盈、柔軟清逸之物象

史氏之所以能形成這種風格，乃是通過大量具輕亮明麗的質地、
色感及奇異的物象替其詠物詞打造清奇俊逸的底色。〔註11〕

〔註7〕 宋・姜夔〈題梅溪詞〉，金啓華等編：《唐宋詞集序跋匯編》（臺北市：
臺灣商務印書館，1993 年 2 月），頁 239。

〔註8〕 清・吳衡照《蓮子居詞話》，唐圭璋編：《詞話叢編（三）》（北京：
中華書局，2005 年 10 月），頁 2421。

〔註9〕 清・紀昀等撰：《欽定四庫全書集部：梅溪詞、散花菴詞》，收於《景
印文淵閣四庫全書集部四二七詞曲類・第 1488 冊》（臺北市：臺灣
商務印書館，1983 年），頁 582。

〔註10〕 王宗樂著：《宋詞選粹述評》（臺北市：中華書局，1981 年 6 月），
頁 246。

〔註11〕 參見劉薇：〈奇秀清逸：梅溪詞的主體風格〉，《安慶師範學院學報（社
會科學版）》，2006 年 7 月第 25 卷第 4 期，頁 76。

　　首先，從史達祖的詠物詞中所選取之題材來看，多選取如海棠花、梨花、梅花、林檎、薔薇、桃花、春雪、春雨等明麗的春季景物，能創造婉約飄逸的詞境，薛礪若在《宋詞通論》中就曾讚道：「其詞境之婉約飄逸，則如淡烟微雨，紫霧明霞；其造語之輕俊嫵媚，則如嬌花映日，綠楊著雨。……他不獨寫盡春天的外表，簡直將『春之魂』都收入他的詩句了。」〔註12〕。

　　史氏又偏好使用質地輕盈、柔軟物象，使詠物詞有輕盈綽約之感。觀其取象，在自然景物方面，如〈海棠春令〉：「錦宮外、烟輕雨細。」中的輕烟、細雨，〈玉樓春・賦梨花〉：「香迷蝴蝶飛時路。雪在秋千來往處。」中輕盈飛舞的蝴蝶與飄落的花瓣，〈菩薩蠻・賦玉蕊花〉：「綠雲飛玉沙」中的綠色雲彩與雪花，〈菩薩蠻・賦玉蕊花〉：「唐昌觀里東風軟」、〈留春令・金林檎詠〉：「翦取東風入金盤」中的東風，〈祝英臺近・薔薇〉：「便愁釀醉青虬，蜿蜿無力，戲穿碎、一屏新繡。」中的藤莖，〈風入松・茉莉花〉：「素馨柎萼太寒生，多剪春冰。夜深綠霧侵涼月，照晶晶、花葉分明。」中的薄冰與青茫霧氣，〈龍吟曲・雪〉：「不知夜久，都無人見，玉妃起舞。」中飄揚飛舞的白雪，〈月當廳〉：「時有露螢自招颭，風裳可喜影麩金。」中的螢火蟲與閃爍的金色波光，〈綺羅香・春雨〉：「做冷欺花，將烟困柳」中的烟與柳，〈東風第一枝・春雪〉：「巧沁蘭心，偷黏草甲」中極輕細的雪粉，〈桃源憶故人・賦桃花〉：「彈盡胭脂雨。」的紅色落花，〈留春令・詠梅花〉：「一涓春水點黃昏」中的涓涓細流，〈龍吟曲・問梅劉寺〉：「夜寒幽夢飛來，小梅影下東風曉。蝶魂未冷，吾身良是，悠然一笑。」中的梅樹之影與蝶之精魂；在人物、人文景物方面，如〈蘭陵王・南湖以碧蓮見寄，次韵謝之〉：「記雪映雙腕，刺縈絲縷，分開綠蓋素袂濕。」中的絲縷與白色衣袖、「飄蕭羽扇搖團白」的羽扇，〈風入松・茉莉花〉：「人臥碧紗幮淨，香吹雪練衣輕。」中的綠紗帳與白

色絹衣,〈祝英臺近‧薔薇〉:「見郎和笑拖裙,匆匆欲去,驀忽地,
挂留芳袖。」中的長裙與芳袖,〈齊天樂‧白髮〉:「暖雪侵梳,晴絲
拂領,栽滿愁城深處。」中白如雪的髮絲,〈西江月‧賦木犀香數珠〉:
「頸寒秋入雲邊」中如雲的鬢髮。詠物詞中使用這些輕柔的物象能呈
現出清新明秀的特色,而使用白、綠、碧、紅、金等的明朗色彩則予
人清爽明亮之感,並能描繪出秀麗的畫面,因此使史達祖詠物詞具備
婉約醇雅之本色。

(二) 巧設奇幻之景意象

再者,史達祖在詠物詞中使用了許多奇幻的意象,如〈菩薩蠻‧
賦玉蕊花〉:

　　　　　唐昌觀里東風軟。齊王宮外芳名遠。桂子典刑邊。梅
　　花伯仲間。　　龐茸鎪暖雪。瑣細雕晴月。誰駕七香車。
　　綠雲飛玉沙。

此詞詠的是盛開的玉蕊花,以神仙曾經降臨植有玉蕊花的「唐昌觀」、
仙女所乘散發異香的「七香車」、繚繞仙女身邊的「綠雲」這些奇幻
的意象來營造神秘的氣氛,烘托出玉蕊花不凡的香氣。再如〈菩薩蠻‧
賦軟香〉:

　　　　　廣寒夜搗玄霜細。玉龍睡重痴涎墜。鬥合一團嬌。偎
　　人暖欲消。　　心情雖軟弱,也要人摶搦。寶扇莫驚秋。
　　班姬應更愁。

首句提到有關月兔搗藥的傳說,「廣寒」為月中仙宮,「玄霜」為仙藥,
再提及「玉龍」吐涎的傳說以示「龍涎香」之珍貴。

又如〈蘭陵王‧南湖以碧蓮見寄,次韵謝之〉上片:

　　　　　漢江側。月弄仙人佩色。含情久,搖曳楚衣,天水空
　　濛染嬌碧。文漪簟影織。涼骨時將粉飾。誰曾見,羅襪去
　　時,點點波間冷雲積。

詞中提到的「仙人」指的是鄭交甫所遇之仙女,為荷花的生長之地營
造神秘氣息,「羅襪」指的是洛水女神,以襯出荷花脫俗之美。

此外，如〈西江月・賦木犀香數珠〉：「只宜結贈散花天。金粟分身顯現。」中之「散花」指的是佛經天女散花之事，「金粟」則爲佛名；如〈月當廳〉：「殘雲事緒無人拾，恨匆匆、藥娥歸去難尋。」之句，「藥娥」所指爲姮娥奔月之傳說；如〈齊天樂・賦橙〉：「瑤姬齒軟。」句中之「瑤姬」爲楚王於巫山所夢之神女。史氏詠物詞中使用與傳說有關的意象，充滿了神秘奇幻的氣息，是故讀其詞會如張鎡一樣產生了「大凡如行帝苑仙贏，輝華絢麗」〔註13〕之感。

（三）善於鍛鍊挺立不凡的語言

《梅溪詞》在藝術方面的最大成就在於語言的鍛鍊之功，史氏在詠物詞中常使用十分凝煉的文字，卻又能完整的傳情達意，巧妙展現物趣。而史達祖的句法亦受到了肯定，其句法能展現出史詞與眾不同的一面，宋張炎就稱其：「句法挺異，俱能特立清新之意，刪削靡曼之詞，白成一家」〔註14〕，而史詞的「清新」之處就在於能剔除蕪雜，淘汰陳言，新穎逸群。

史氏詠物詞的奇秀清逸之風亦具體表現在語言上的鍛字煉句方面。從〈綺羅香・春雨〉可見鍛字之巧：

> 做冷欺花，將烟困柳，千里偷催春暮。盡日冥迷，愁裡欲飛還住。驚粉重、蝶宿西園，喜泥潤，燕歸南浦。最妙他、佳約風流，鈿車不到杜陵路。　　沉沉江上望極，還被春潮晚急，難尋官渡。隱約遙峰，和淚謝娘眉嫵。臨斷岸、新綠生時，是落紅、帶愁流處。記當日、門掩梨花，剪燈深夜語。

「冷」、「烟」二字描繪出迷濛的氣氛，透出濃密的雨意，使人感受到這是春天所特有的冷冷細雨，被「欺」、「困」的不僅是花朵、楊柳，還包含了詞人的心靈，「千里偷催春暮」之「偷」字準確的描繪出春

〔註13〕宋・張鎡〈梅溪詞序〉，金啓華等編：《唐宋詞集序跋匯編》（臺北市：臺灣商務印書館，1993 年 2 月），頁 238。

〔註14〕宋・張炎《詞源》，唐圭璋編：《詞話叢編（一）》（北京：中華書局，2005 年 10 月），頁 255。

雨無聲的腳步，將暮色提早帶來，將春天提早送走，因此「偷」字已攝春雨之魂。這樣鬱悶的意境與詞人懷人之愁是相協調的。「蝶宿西園」、「燕歸南浦」是對物性的描寫，然而加上「驚」、「喜」二字則賦予人情，將畫面鋪敘得更爲生動多彩。下片的「沉沉江上望極」句巧妙的運用疊字「沉沉」，則比上片的「盡日冥迷」顯現出更爲深沉的陰暗，詞人愁思亦更加濃厚，「沉沉」再與「和淚」、「落紅」、「帶愁」、「門掩梨花」共同織成淒清之景與闇闇春愁，並由景及人，將思鄉懷人之情與人生哲理融爲一體，昇華了詞的意境，使之清麗渾融，最後再以昔日的甜蜜回憶作結。上、下片之景物與人情兩兩相對，由淺入深的情感層次，使情景能交融，產生優美自然的情韻。

再如〈東風第一枝・春雪〉用字妥貼生新：

> 巧沁蘭心，偷黏草甲，東風欲障新暖。謾疑碧瓦難留，
> 信知暮寒較淺。行天入鏡，做弄出、輕鬆纖軟。料故園、
> 不卷重簾，誤了乍來雙燕。　　青未了、柳回白眼。紅欲
> 斷、杏開素面。舊游憶著山陰，厚盟遂妨上苑。熏爐重熨，
> 且放慢、春衫針綫。恐鳳鞋、挑菜歸來，萬一灞橋相見。

「沁」、「黏」二字描繪出春雪之特點，「巧」、「偷」二字極言雪之輕軟並包含對春雪之美的讚嘆。雪落在碧瓦上，「難留」二字進而寫出薄雪在傾刻間消融，由此春意已漸漸顯露出來了。「行天入鏡，做弄出、輕鬆纖軟。」是整首詞唯一正面描寫春雪的部份，「輕鬆纖軟」四字貼切的表達了春雪的纖細。接著再以「料」字展開想像，自然的過渡到思人之情。下片以擬人法細膩的寫雪中植物的姿態，並用典故虛筆寫人，最後以「恐」字領起思念，使情致顯得婉約脫俗。此詞寫景狀物都十分細緻入微，形容恰到好處。

又如〈雙雙燕〉亦是語言凝煉生動之作：

> 過春社了，度簾幕中間。去年塵冷。差池欲住，試入
> 舊巢相並。還相雕梁藻井。又軟語、商量不定。飄然快拂
> 花梢，翠尾分開紅影。　　芳徑，芹泥雨潤。愛貼地爭飛，
> 競夸輕俊。紅樓歸晚，看足柳昏花暝。應自栖香正穩，便

忘了、天涯芳信。愁損玉人,日日畫闌獨憑。

此首詠物詞構思精巧,摹寫物態,曲盡其妙,筆調輕俊靈活,以擬人化的方式描寫燕子的動作與表情,並符合燕子本身的習性,成功刻畫出其優美、活潑的形象,清許昂霄認為此詞:「清新俊逸,兼有之矣。」〔註15〕。「欲」、「試」、「還」、「又」四字下得極巧妙,能將雙燕的心理變化呈現出來,再配合「住」、「入」、「相」、「語」的動作,層次分明。以「軟語」二字形容燕子呢喃的聲音,親暱的情狀就像是一對夫妻。「飄然快拂花梢,翠尾分開紅影。」寫出燕子飛行的姿態,因為體型小,故以「飄然」二字能強調燕子的輕,從花梢一掠而過,真是輕盈、敏捷。啣泥築巢、貼地爭飛都是燕了的習性,可見詞人細膩的觀察力,「愛」、「爭」、「競」字以擬人化的方式寫燕子嬉戲春光之樂。「柳昏花暝」造語新奇,包含無限之事,「看足」二字用字簡煉,寫出燕子的流連,又自然帶出天色在不知不覺中暗下來。末兩句由寫燕轉至寫人,幸福的雙燕反襯獨守空閨的少婦,深化了詞意,更覺婉妙。

在煉句方面,史達祖的許多佳句受到肯定,如清李調元曾將《梅溪詞》中之佳句彙為〈史梅溪摘句圖〉,作為學習的範本,李氏說:

史達祖《梅溪詞》最為白石所賞,鍊句清新,得未曾有,不獨〈雙雙燕〉一闋也。余讀其全集,愛不釋手,間書佳句,彙為摘句圖。〔註16〕

史氏喜歡取中晚唐詩人白居易、劉禹錫、韓愈、韋應物、鄭谷、段成式、韋莊、杜牧、李商隱、韓偓等人之詩句,再經化用、改造鍛鍊而成清新精粹的佳句,如「黃昏著了素衣裳,深閉重門聽夜雨。」(〈玉樓春・賦梨花〉)、「驚粉重、蝶宿西園,喜泥潤,燕歸南浦。」(〈綺羅香・春雨〉)、「隱約遙峰,和淚謝娘眉嫵。」(〈綺羅香・春雨〉)、

〔註15〕 清・許昂霄《詞綜偶評》,唐圭璋編:《詞話叢編（二）》(北京:中華書局,2005 年 10 月),頁 1560。
〔註16〕 清・李調元《雨村詞話》,唐圭璋編:《詞話叢編（二）》(北京:中華書局,2005 年 10 月),頁 1427。

「剪燈深夜語。」（〈綺羅香·春雨〉）、「行天入鏡，做弄出、輕鬆纖軟。」（〈東風第一枝·春雪〉），這些詞句變化唐人之成語，又能有所創新，同時更具有唐詩清婉明麗的風韻，爲史氏詠物詞增色不少。

二、承繼傳統路線的柔媚淒婉之姿

唐末五代的花間派詞人開啓詞的風調婉轉柔美之端，其內容多是離愁別恨、閨情豔思，清陳廷焯曾曰：

> 飛卿詞大半託詞帷房，極其婉雅而規模自覺宏遠。
> 周、秦、蘇、辛、姜、史輩，雖姿態百變，亦不能越其範
> 圍。〔註17〕

又認爲史詞：

> 曲盡其緒，而要皆發源於風雅，推本於騷辯。故其情
> 長，其味永，其爲言也哀以思，其感人也深以婉。〔註18〕

由此可見史達祖雖有其獨特的藝術個性，但並未脫離婉約詞柔麗婉轉的傳統軌跡，而是承繼、發展此種柔美軟媚的風格，在內容方面，以抒發男女情事、悼念亡妻或愛人爲主，風調纏綿、柔婉低徊，將哀傷的感情與離愁別恨委婉的寄託於景物之中，含蓄曲折的表達心靈深處的情思，結構縝密，語言綺麗，具有陰柔美，形成柔媚淒婉的詞風。

如在〈桃源憶故人·賦桃花〉這首詠物詞中，史達祖懷念一位與他交往十多年的歌妓：

> 明霞烘透春機杼。春在明霞多處。我是有詩漁父，一
> 夢秦天古。　　柳枝巷陌深朱戶。牆外風流一樹。十五年
> 來凝佇。彈盡胭脂雨。

此詞透過追敘法先寫眼前所見之景，再回憶過去，最後又迴入到現在來抒發心中感懷。上片描寫一大片盛開的桃花，色彩極爲鮮艷，這樣

〔註17〕清·陳廷焯《白雨齋詞話》，唐圭璋編：《詞話叢編（四）》（北京：中華書局，2005 年 10 月），頁 3946。
〔註18〕清·陳廷焯《白雨齋詞話》，唐圭璋編：《詞話叢編（四）》（北京：中華書局，2005 年 10 月），頁 3750。

的彩色美可以增強詞的感染力。下片以明媚的春光勾起詞人關於愛情的回憶，春景如此美好，但伊人芳魂已杳，詞人倍覺悽涼，緩緩飄落的桃花花瓣，是詞人點點的相思之淚，「彈盡」二字更顯出心中的傷痛，花瓣落盡，眼淚流盡，然而思念卻是無止盡的，以「彈盡胭脂雨」作結更顯淒婉動人。

如〈留春令・詠梅花〉：

> 故人溪上，挂愁無奈，烟梢月樹。一涓春水點黃昏，
> 便沒頓、相思處。曾把芳心深相許。故夢勞詩苦。聞說東
> 風亦多情，被竹外，香留住。

藉由詠物悼念過世的妻子或情人，詞中以柔性的水意象寄寓自己的相思之情，黃昏時刻，溪水圍繞著美麗的梅花，景象清幽愈使詞人感到寂寞，「一涓春水點黃昏，便沒頓、相思處。」委婉的流露相思之情。而今詞人仍然沉浸在往日相愛的甜蜜回憶，令他魂牽夢繞的是愛人的眞情，「苦」字更見兩人情感之深厚，情愈深，心中更覺悲苦。「聞說東風亦多情，被竹外，香留住。」雖說多情的東風眷戀竹林外的梅花香而無法替詞人傳達思念，實際上詞人藉此曲折的表達愛人已故的事實，愛人不在人世，詞人之衷情也無處可訴，以此作結，使全詞的感情深湛、纏綿。

再如〈瑞鶴仙・紅梅〉：

> 館娃春睡起。爲發妝酒暖，臉霞輕膩。冰霜一生裡。
> 厭從來冷澹，粉腮重洗。胭脂暗試。便無限、芳穠氣味。
> 向黃昏、竹外寒深，醉裡爲誰偷倚？　　嬌媚。春風模樣，
> 霜月心腸，瘦來肌體。孤香細細。吹夢到，杏花底。被高
> 樓橫管，一生驚斷，卻對南枝灑淚。漫相思，桃葉桃根，
> 舊家姊妹。

在詞人眼中，紅梅就是愛人的化身，故字裡行間流露出對紅梅的讚賞與憐惜。上片寫紅梅嬌艷柔美的姿態與醉人的香氣，下片讚賞其堅韌的本質，然而紅梅的幽香只有在夢中才能聞到，「孤香細細。吹夢到，杏花底。」句委婉的表達出自己認清失去愛人的事實，再轉入到懷人

之思，故云「卻對南枝灑淚」，悲悽的情感至此自然流露出來，道出了詞人的一往情深。

三、寄託深邃以形成沉鬱悲涼之致

　　清陳廷焯在《白雨齋詞話》中認為：

　　　　作詞之法，首貴沉鬱，沉則不浮，鬱則不薄。〔註19〕

「沉」意指作者的主觀情志深而不淺顯的狀態，「鬱」指作者所採取蘊蓄不發的表現手法，以及作者所具有的抑鬱不得志的感性經驗。〔註20〕陳氏又說：

　　　　所謂沉鬱者，意在筆先，神餘言外，寫怨夫思婦之懷，
　　　　寓孽子孤臣之感。凡交情之冷淡，身世之飄零，皆可於一
　　　　草一木發之。而發之又必若隱若見，欲露不露，反復纏綿，
　　　　終不許一語道破，匪獨體格之高，亦見性情之厚。〔註21〕

他認為要寫出「沉鬱」之作，作者下筆之前，必須在現實生活中有深切感受，形成創作的動機，接著以語言表現出來，而這個創作的動機來自於抒發「孽子孤臣之感」、「交情之冷淡，身世之飄零」等有關時代、政治環境之亂或個人身世飄零之慨，而「所謂『個人身世飄零』並非指單純的生活挫折；自屈原樹立『士大夫的窮通之處，都關政教』的典範以來，這樣的創作活動，是與國君或社會群體產生密切聯繫的『社會行為』，非純粹個人抒情的產物」〔註22〕，作者可透過詠物的方式來類喻自身之處境。由此可知「沉鬱」即指作者將主觀情志隱藏

〔註19〕清·陳廷焯《白雨齋詞話》，唐圭璋編：《詞話叢編（四）》（北京·中華書局，2005年10月），頁3776。

〔註20〕參見侯雅文：〈《白雨齋詞話》「沉鬱」術語釋義及「沉鬱說」在詞「本質論」上的意義〉，《國立中央大學中國文學研究所論文集刊》，1997年5月第4期，頁81～82。

〔註21〕清·陳廷焯《白雨齋詞話》，唐圭璋編：《詞話叢編（四）》（北京·中華書局，2005年10月），頁3777。

〔註22〕侯雅文：〈《白雨齋詞話》「沉鬱」術語釋義及「沉鬱說」在詞「本質論」上的意義〉，《國立中央大學中國文學研究所論文集刊》，1997年5月第4期，頁84。

言外，以蘊蓄的語言形式使讀者間接感知作者悲涼的身世、時代之情。陳氏也肯定沉鬱之作是人格的具體展現，加上這樣的作品因與社會有密切的聯繫，故可見作品體格之「高」，作者性情之「厚」。

陳廷焯亦曾云：「宋詞不盡沉鬱，然如子野、少游、美成、白石、碧山、梅溪諸家，未有不沉鬱者。」〔註23〕，顯見史達祖是陳氏所認為作品具有沉鬱風格的詞人之一，雖然史詞的主體風格為「奇秀清逸」，但坎坷的人生遭遇使他擅長於詠物詞中寄託小我之嘆，因而表現出另一種悲涼沉鬱的詞風。楊成鑒在《中國詩詞風格研究》中說道：

　　風格沉鬱的詩詞，往往在蕭瑟的氣氛中，展示了深遠的意境；以深厚的感情，融合在景物之中，在低沉纏綿的節奏中，寄以無限惆悵之感，給人以哲理的深思。〔註24〕

以此觀之，史氏詠物詞風格悲涼沉鬱之作，常顯出寂寞淒清的氣氛，並透過情景交融使情味悠長，故可感到濃厚的感傷、淒苦之情從文字中緩緩流瀉出來。

　　史達祖出身貧困低微，履試不第，在受到韓侂冑器重而成為堂吏之後，曾經度過了一段依勢弄權的時光，這段時間為史氏創作的高峰期，作品風格與藝術技巧臻於成熟；然好景不常，韓氏被誅殺之後，史氏受到牽連，在詠物詞作中可見對昔日美好時光的追憶、對不幸遭遇的慨嘆，反映詞人晚期孤苦寂寞的內心世界，因此筆調哀婉，詞風悲涼沉鬱。如〈夜合花・賦笛〉：

　　冷截龍腰，偷拿鸞爪，楚山長鎖秋雲。梅花未落，年年怨入江城。千障碧，一聲清。杜人間，兒女簫笙。共淒涼處，琵琶潯浦，長嘯蘇門。　　當時低度西鄰。天淡闌干欲暮，曾賦高情。子期老矣，不堪殢酒重聽。纖手靜，七星明。有新聲、應更魂驚。夢回人世，寥寥夜月，空照天津。

〔註23〕清・陳廷焯《白雨齋詞話》，唐圭璋編：《詞話叢編（四）》（北京：中華書局，2005 年 10 月），頁 3776。

〔註24〕楊成鑒著：《中國詩詞風格研究》（臺北市：洪葉文化事業有限公司，1995 年 12 月），頁 105。

此詞透過有關笛的典故，情事的抒寫，寄託不遇之慨及悲憤傷時之
情，寄意深隱。上片開頭從製笛之竹的來歷寫起，以渲染出低沉抑鬱
的氣氛，為下片寫怨作鋪陳。笛子所吹出的〈梅花落〉觸動了詞人敏
感的心靈，使他產生了感慨。笛聲的清絕哀怨穿透了廣闊的空間，由
於主觀心境使然，耳邊只聽到哀怨的笛聲，歡樂的簫笙之聲彷彿靜
默。琵琶的哀怨與長嘯聲的淒涼烘托出笛聲，此兩事典均與詞人遭貶
的處境有關，隱含自傷不遇之情。下片「當時低度西鄰。天淡闌干欲
暮，曾賦高情。」寫向秀聞笛聲懷友之事，暗示自己悼念韓侂胄之意，
詞人心中有無限的悲憤，故已無法承受這淒怨的笛聲。笛聲靜止之後
的「新聲」，表示詞人悲傷的情緒仍持續著，引出更深沉的感嘆，「夢
回人世，寥寥夜月，空照天津。」以景結情，靜謐的月亮挖掘出詞人
的痛苦，往日的繁華一去不返，只剩孑然一身之孤獨與無限的惆悵。
如〈齊天樂・白髮〉：

> 秋風早入潘郎鬢，斑斑遽驚如許。暖雪侵梳，晴
> 領，栽滿愁城深處。瑤簪謾妒。便羞插宮花，自憐衰暮。
> 尚想春情，舊吟淒斷茂陵女。　　人間公道惟此，嘆朱顏
> 也恁，容易墮去。涅不重緇，搔來更短。方悔風流相誤。
> 郎潛幾縷。漸疏了銅駝。俊游儔侶，縱有黟黟，奈何詩思
> 苦？

此首詠物詞寄託身世之不幸與孤寂之愁苦，寫物詠懷，語句含蓄深沉，
用潘岳、卓文君、顏駟等事典靈活、且切合所詠之題。開頭兩句先以年
少有才華的潘岳自比，詞人發現鬢邊出現了白髮，心情由「驚」進入到
「愁」，一開始便如此的感嘆萬分，為整首詞定下了悲苦的基調。「侵」、
「拂」、「栽滿」等動詞，引出愁苦情懷，「瑤簪謾妒。使羞插宮花，自
憐衰暮。」隱含了仕途不順的牢騷。「人間公道惟此，嘆朱顏也恁，容
易墮去。」承接「尚想春情」發出時不我與、年華易逝的感嘆。「郎潛
幾縷」四字以顏駟自比，沉重的抒發了對於政治遭遇的感慨，自傷不遇
於時，「縱有黟黟，奈何詩思苦？」與前面的「栽滿愁城深處」相呼應，

進一步深化無可奈何的愁懷，就算年華正茂也改變不了仕途蹭蹬的處境，這樣的感慨為全詞低沉的情調畫下悲涼的句點。

四、時代催迫而造就豪邁縱放之調

　　楊成鑒在《中國詩詞風格研究》一書中解析豪放風格的作品時說道：

> 　　它除了表現特定的時代精神外，往往與作者高瞻遠矚的視野，豪爽而清高的性格，寬闊的胸襟，易於激動的多血質氣質，有為而作的遠大抱負，凝結於作品之中。使它具有豪邁的氣勢，奔放的激情，廣袤浩瀚的意境，雄偉的藝術形象，伴之以壯健的音樂節奏，通過揮筆瀟灑的語言文字表達出來。……豪放也不是粗放，而是想像力豐富，氣魄宏偉的豪邁縱放的藝術風格。〔註25〕

作品中形成豪放風格的因素除了受到外在環境的影響之外，與作者本身的思想情志、襟懷亦有關聯。唐司空圖在《詩品》中說：

> 　　觀花匪禁，吞吐大荒。由道返氣，處得以狂。天風浪浪，海山蒼蒼。真力彌滿，萬象在旁。前招三辰，後引鳳凰。曉策六鼇，濯足扶桑。〔註26〕

其所言點出豪放的詩境以及詩人寫詩應有的豪放精神。具有豪放性格的人應不被人抑制心中的聲音，要有能吞吐大荒、主宰一切的氣魄，而之所以能「吞吐大荒」得力於「由道返氣」。「道」指在作家腦海中的思想感情，「氣」指作品所反映出來的能表現作家氣質的精神；「氣」受到「道」的影響，而「道」又是積氣所成。〔註27〕唯有忘懷得失才能自得，進而表現出豪放之態，可見豪放的言辭乃取決於

〔註25〕楊成鑒著：《中國詩詞風格研究》（臺北市：洪葉文化事業有限公司，1995 年 12 月），頁 66。

〔註26〕唐‧司空圖著：《二十四詩品》（臺北市：金楓出版有限公司，1987 年 6 月），頁 77。

〔註27〕參見詹幼馨著：《司空圖詩品衍繹》（臺北市：仁愛書局，1985 年 9 月），頁 25～26。

豪放的胸襟。而司空圖以「天風浪浪，海山蒼蒼」、「前招三辰，後引鳳凰。曉策六鼇，濯足扶桑」，具體的描繪了豪放之作的氣勢與詩境，可見具有豪放風格的作品是無拘無束的。

　　史達祖曾參與宋寧宗時期的政治活動，在計畫北伐的壯烈時代氣氛中激發起雄放的政治熱情，因而一度擺脫了自己的主體風格，而創作出似稼軒體的壯詞，反映出他內心世界的另一面。其呈現豪邁縱放風格的詠物詞作頗具剛性美，表現出理充氣壯，跌宕縱橫，與奇秀清逸的主體風格大不相同，可見史氏在創作手法方面的多樣化，如〈滿江紅・中秋夜潮〉想像力十分豐富，氣魄宏偉：

　　　　萬水歸陰，故潮信，盈虛因月。偏只到、涼秋半破，鬥成雙絕。有物揩磨金鏡淨，何人拿攫銀河決。想子胥、今夜見嫦娥，沉冤雪。　　光直下，蛟龍穴。聲直上，蟾蜍窟。對望中天地，洞然如刷。激氣已能驅粉黛，舉杯便可吞吳越。待明朝、說似與兒曹，心應折。

韓侂胄北伐之前，岳飛的冤案得到昭雪，追封為鄂王，抗戰派的士氣為之一振，史達祖正任職堂吏，有感而發寫下此首富寄託、寓情於景的詠物詞，展現豪放的胸襟。此詞扣緊錢塘江潮與明月，反覆鋪陳，備言中秋夜潮之聲、色及壯觀氣勢，筆力雄健，境界壯闊。「有物揩磨金鏡淨，何人拿攫銀河決。」句以金鏡來描寫明亮的月光、以奔騰而下的銀河來描寫潮水，想像豐富奇特。「想子胥、今夜見嫦娥，沉冤雪。」由古喻今，藉由用「潮神伍子胥」之事典來喚起讀者言語之外的聯想，避免直言之質率，以形成一種藝術上的距離，保有詞之曲折美；嫦娥與伍子胥的會面突破時空限制，其中包含詞人對於愛國英雄的肯定與讚頌，並展露自己的政治主張。下片「光直下，蛟龍穴。聲直上，蟾蜍窟。」將高低懸絕的比例拉大，明亮的月光與巨大的潮水聲響，聲與光共同撐出廣大無垠的空間，造成一股雄偉的氣勢，因此激起詞人的雄心壯志，對於收復故土，詞人願意勇往直前，「激氣已能驅粉黛，舉杯便可吞吳越。」之句氣概真是豪邁，表達對於投降

派的憤慨,是直接抒發情感的語句,為主體意識強烈的投射,「待明朝、說似與兒曹,心應折。」更可見無與倫比的自信。

　　黃雅莉在〈論文學風格的形成〉一文中云:

　　　　對於文學家來說,他總是對既成創作風格不斷尋求突破和創新,正是這種生命意志的體現,讓我們從創作的最高意義上審度,從而看到一個作家突破過去的自己的偉大與不凡。風格的瓦解來自創作主體對風格努力超越和對生命潛在可能性的不斷索取。〔註28〕

由此觀之,史達祖的人生閱歷及豐富的情感使詠物詞呈現出多樣風格,這對於史氏而言是一種突破,也是一種超越。史氏詠物詞的主體風格為「奇秀清逸」,清新凝鍊的語言與巧妙的構思充分的展現出物趣,突顯出詞的綺麗柔婉之美,且詞境深邃,意義深刻,更代表詞人成熟的藝術境界,以及創作的穩定性,又因重視獨創,故能獨樹一格;「柔媚淒婉」之詞作語言雅潔,可見詞人對於愛情執著的態度;而「沉鬱悲涼」之詞作體現出詞人在南宋動盪環境下生命的困頓與無奈,以及內心的沉重與壓抑;「豪邁縱放」之詞作是詞人對於國家處境的思考,是時代精神風貌的反映,顯示詞能言情亦能言志的獨特性。詞人風格的轉變是對自己舊風格的超越,是為了尋求突破、自我挑戰,史氏在創作生命旺盛的階段遭逢了政治之變、貶謫之苦、喪妻之悲,其生活、性格、思想、感情、心境都有所轉變,故影響了詠物詞作的風格,無論是奇秀清逸、豪邁縱放、柔媚淒婉、沉鬱悲涼,都各有其美,能表現詞人的藝術個性,亦能予人美感享受。

第二節　史達祖詠物詞之整體評價

　　史達祖身為風雅詞派詞人之一,其所為詞,詠物抒懷,文字與音聲之美兼具,講究篇章字句之鍛鍊,用典使事,道委婉含蓄之情,極

―――――――――――――――

〔註28〕黃雅莉:〈論文學的風格的形成〉,《國立新竹教育大學語文學報》,2006年12月第13期,頁49。

盡雅之能事，亦盡人工之巧，史氏的才華與藝術成就在南宋詞壇應有
舉足輕重的地位，但由於史達祖因貧而仕，曾爲韓侂胄之堂吏，歷史
家、詞評家根據《宋史》的觀點，多半將主張抗敵而失敗的韓侂胄視
爲奸臣，攀附韓侂胄、藉以弄權的史氏因此受到後人鄙薄，如清人馮
煦曾云：

> 詞爲文章末技，固不以人品分升降。然如毛滂之附蔡
> 京，史達祖之依侂胄，……所造雖深，識者薄之。〔註29〕

依勢弄權或許成爲史達祖人生的汙點，不過他的人品也並非全無可取
之處，觀其寄託大我之感的詠物詞能以春秋之筆暗諷朝廷苟安現狀，
又展現了對於國家大事的關心，知人論世應掌握全面，只因弄權之事
而否定史氏人品、詞品或許失之偏頗。清人紀昀肯定其詞作確實有出
色的表現，是不應被忽視的：

> 達祖人不足道，而詞頗工。……然清詞麗句，在宋季
> 頗屬錚錚，亦未可以其人掩其文矣。〔註30〕

陶爾夫曾說：

> 千百年來，文人評價，已有固定模式，即最講「知人
> 論世」。人品與學品、詩品、詞品總是有某種聯繫的。如果
> 一個詩人的人品很糟，甚至在水平線以下，即使他寫出某
> 些好作品，也不能評價過高，因爲其作品的眞實性已大可
> 懷疑。史達祖的人品據野史記載雖也有某些不足，但非關
> 大節，因此，似不應影響對詩詞的正常評價。〔註31〕

上述二家，皆能把人品與詞品分開來討論，了解創作個性並不等同於日
常生活的眞實個性，創作個性雖來自於現實生活的個性，但卻是通過作

〔註29〕 清·馮煦《蒿庵論詞》，唐圭璋編：《詞話叢編（四）》（北京：中華
書局，2005 年 10 月），頁 3587～3588。

〔註30〕 清·紀昀等撰：《欽定四庫全書集部：梅溪詞、散花菴詞》，收於《景
印文淵閣四庫全書集部四二七詞曲類·第 1488 冊》（臺北市：臺灣
商務印書館，1983 年），頁 582。

〔註31〕 陶爾夫、劉敬圻著：《南宋詞史》（哈爾濱：黑龍江人民出版社，1992
年 12 月），頁 304。

家審美眼光的昇華與超越而形成。創作歷程是作家在困境重重的人生中，為自己尋找出口的努力，它高於生活，因為它可以過濾了生活的雜質，是一種由濁而清的過程。我們不應以史達祖的人品來否定他的詠物詞作與文學成就，不可否認的是，史氏在詞史上對於詠物詞的發展是有影響的。以下從史達祖在風雅詞派諸家中的地位及其詠物詞對後人的影響來探討史氏詠物詞之整體評價，給予史氏在詞史上適當的定位。

一、在風雅詞派諸家中的地位

薛礪若曾將宋詞分為六個時期，在探討第五期時說：

> 本期由紹熙以後起，至淳祐間止，約六十年，是姜夔時期的開始。在本期的初葉，因稼軒尚健在，蘇、辛一派詞，正值光輝的集結時期，同時因大詞人姜夔的出現，遂使此風靡一世的作風漸漸變了它的方向。……代表這個時期的，則為姜夔、史達祖、吳文英三個人；……自從有了姜、史、吳三個大作家互相輝映發明以後，遂替後來此派詞人造了一個堅穩牢固的基礎，而據有詞壇上正統派的寶座了。〔註32〕

正因為姜、史、吳三人的藝術成就替風雅詞派詞人建立穩固基礎，故薛氏將此三人稱為「風雅派的三大導師」〔註33〕，可見史達祖在南宋詞壇上是有獨特貢獻的重要詞人。史氏雖然身為南宋風雅詞派的重要作家，卻因攀附權相而被認為人品不高，連帶影響到對其創作的評價，如清人周濟就曾批評：「梅溪詞中，喜用『偷』字，足以定其品格矣。」〔註34〕從生活個性來否定史氏的詞作，評價有失客觀，畢竟審美創造活動是超越功利目的而展開的，道德評價不應影響到審美評價，故史氏的文學成就及在詞史上的地位不應被忽視。史達祖的詠物

〔註32〕薛礪若著：《宋詞通論》（臺北市：臺灣開明書店，1982 年 4 月），頁 266～268。

〔註33〕薛礪若著：《宋詞通論》（臺北市：臺灣開明書店，1982 年 4 月），頁 269。

〔註34〕清·周濟著：《介存齋論詞雜著》，收於《中國古典文學理論批評專著選輯》（北京：人民文學 出版社，1984 年 5 月），頁 7。

詞受到歷代詞評家的重視，他們屢次將史達祖與周邦彥、姜夔相提並論，從其對於史達祖的品評可以得知史氏在風雅詞派諸家中的地位，以下從風格流派及作家的直觀比較來看史氏的地位。

（一）清真鍛鍊之後勁，而無夢窗晦澀之弊

從風格流派來看，更能清楚的體現史達祖在風雅詞派諸家中的地位。南宋詞是在北宋詞的基礎上發展的，南宋風雅詞派是直接學習周邦彥詞的藝術手法發展而來的，對此清代幾位詞評家均有共識，如陳廷焯《白雨齋詞話》曾云：「詞至美成，乃有大宗，前收蘇、秦之終，復開姜、史之始。」〔註35〕，又說：「梅溪全祖清真，與白石分道揚鑣，判然兩途。」〔註36〕，戈載〈梅溪詞跋〉亦云：「予嘗謂梅溪乃清真之附庸，若仿張為作詞家主客圖，周為主，史為客，未始非定論也。」〔註37〕，這些話都已經指出了史詞繼承周詞的事實。

清人馮煦在《蒿庵論詞》中先引用了陳子龍、張綱孫、毛先舒三人論詞的看法，肯定周邦彥、史達祖作詞的功力：

> 陳氏子龍曰：「以沉摯之思，而出必淺近，使讀之者驟遇之，如在耳目之前，久誦之，而得雋永之趣，則用意難也。以儇利之詞，而製之必工鍊，使篇無累句，句無累字，圓潤明密，言如貫珠，則鑄詞難也。其為體也纖弱，明珠翠羽，猶嫌其重，何況龍鸞，必有鮮妍之姿，而不藉粉澤，則設色難也。其為境也婉媚，雖以驚露取妍，實貴含蓄不盡，時在低回唱歎之餘，則命篇難也。」張氏綱孫曰：「結構天成，而中有豔語、雋語、奇語、豪語、苦語、癡語、沒要緊語，如巧匠運斤，毫無痕跡。」毛氏先舒曰：「北宋，詞之盛也，其妙處不在豪快而在高健，不在豔冶而在幽咽。

〔註35〕清‧陳廷焯《白雨齋詞話》，唐圭璋編：《詞話叢編（四）》（北京：中華書局，2005 年 10 月），頁 3787。

〔註36〕清‧陳廷焯《白雨齋詞話》，唐圭璋編：《詞話叢編（四）》（北京：中華書局，2005 年 10 月），頁 3963。

〔註37〕清‧戈載〈梅溪詞跋〉，金啓華等編：《唐宋詞集序跋匯編》（臺北市：臺灣商務印書館，1993 年 2 月），頁 239。

豪快可以氣取，艷冶可以言工，高健幽咽則關乎神理骨性，
難可強也。」又曰：「言欲層深，語欲渾成。」諸家所論，
未嘗專屬一人，而求之兩宋，爲片玉、梅溪，足以備之。
周之勝史，則又在渾之一字。〔註38〕

陳氏認爲作詞時要達到雋永、精練、鮮妍、含蓄不盡的標準，在用意、
鑄詞、設色、命篇方面是困難之處；張氏則從結構的角度切入，認爲
融入一些特別的語句，要自然不露痕跡；毛氏認爲詞的妙處在高健幽
咽，是難以勉強致之的，此外，還要不刻露層次安排的痕跡，層層深
入，含意婉曲而深沉。在馮煦的觀點看來，放眼兩宋，只有周邦彥、
史達祖均具備了三人所言作詞的難得之處，而周邦彥詞之「渾厚」在
情感方面來說，「是有一段深感久蘊的感情，其詞甚少有超脫平和恬
淡之境，而多不欲說破，是爲渾化的表現」〔註39〕，渾化的表現是勝
過史達祖的。由此可見馮煦肯定在南宋詞人之中，唯有史達祖的地位
是能與周邦彥相提並論的。

　　周邦彥、史達祖兩人均擅長詠物。以長調詠物並寓身世之感，爲
周邦彥所長，史達祖發展變化周邦彥的詠物技巧，更加精雕細琢，「較
多的保持著清真式的柔婉典麗，從這個方向把詠物詞寫得更加工細幽
秀，出神入化。」〔註40〕。陶爾夫曾在《南宋詞史》中說道：

　　　他雖受周邦彥的影響，被稱爲「清真的附庸」，但題材
　　卻比周邦彥更爲開闊，更具時代特色，感慨也比周詞深沉。
　〔註41〕

史達祖詠物詞中除了有寄小我之感的一般性寄託之作，亦有寄大我之

〔註38〕清・馮煦《蒿庵論詞》，唐圭璋編：《詞話叢編（四）》（北京：中華
　　　書局，2005年10月），頁3588。
〔註39〕黃雅莉著：《宋詞雅化的發展與嬗變——以柳、周、姜、吳爲探究
　　　中心》（臺北市：文津出版社有限公司，2002年6月），頁549。
〔註40〕劉揚忠：《唐宋詞流派史》（北京：中國社會科學出版社，2007年1
　　　月），頁410。
〔註41〕陶爾夫、劉敬圻著：《南宋詞史》（哈爾濱：黑龍江人民出版社，1992
　　　年12月），頁321。

嘆的特殊性寄託之作，藉物抒發大我的家國之憂、政治的抱負與熱情，寄託遙深，這正是周邦彥所不及之處。

周邦彥精通音樂，長於格律，講究音韻、煉句，善用擬人、借代修辭及融化唐詩，其藝術表現手法爲史達祖所效法。周邦彥往往在詞中融鑄前人詩意，宋人張炎曾說周氏：

> 採唐詩融化如自己者，乃其所長。〔註 42〕

史達祖亦善於化用語典，故清人戈載認爲此種手法是周、史兩人在創作上的共同點：

> 周清眞善運化唐人詩句，最爲詞中神妙之境。而梅溪
> 亦擅其長，筆意更爲相近。〔註 43〕

史達祖用典靈活、不生僻，且能緊扣主題，進行不同側面的刻畫，將詩中的意境移入詠物詞中，然而從詞句中看不出櫽括的痕跡，與周氏同樣一如己出。史達祖除了喜歡化用唐人詩句之外，也會從周邦彥的詞中汲取養分，如〈綺羅香‧春雨〉：「最妨他、佳約風流，鈿車不到杜陵路。」化自周氏的〈大酺‧春雨〉：「最先念、流潦妨車轂。」〔註 44〕，再如〈齊天樂‧賦橙〉：「蔌蔌吳鹽輕點。」出自〈少年游〉：「并刀如水，吳鹽勝雪，纖手破新橙。」〔註 45〕，因此王步高認爲用典的作法使史詞能近雅不遠俗：

> 善於學習前人文學語言，又善於融化口語，這對梅溪
> 詞能形成一種近雅而不遠俗的語言風格起著重要作用。
> 〔註 46〕

〔註42〕宋‧張炎《詞源》，唐圭璋編：《詞話叢編（一）》（北京：中華書局，2005 年 10 月），頁 266。

〔註43〕清‧戈載〈梅溪詞跋〉，金啓華等編：《唐宋詞集序跋匯編》（臺北市：臺灣商務印書館，1993 年 2 月），頁 239。

〔註44〕唐圭璋編纂：《全宋詞（二）》（北京：中華書局，2005 年 1 月），頁 785。

〔註45〕唐圭璋編纂：《全宋詞（二）》（北京：中華書局，2005 年 1 月），頁 781。

〔註46〕王步高：《梅溪詞校注》（天津：天津人民出版社，1994 年 10 月），頁 425。

　　史達祖與周邦彥同樣精通音韻格律，史達祖的詠物詞詞調如〈雙雙燕〉、〈綺羅香〉、〈月當廳〉、〈換巢鸞鳳〉等都是史氏自度曲，周、史兩人在音律上的成就都很高，故梁啓勳說：「美成、梅溪皆一代宗匠……則周史二人於音律上之所造詣，可以見矣。以知其作品必非等閑，無不可以入歌。」〔註47〕。

　　在鍛字煉句方面，亦是史達祖學習周邦彥之處，甚至青出於藍，鍛字煉句更為工巧、嚴整，夏敬觀認為南宋惟史達祖《梅溪詞》能「煉鑄精粹，上比清眞，得其大雅。下方夢窗，不傷於澀。」〔註48〕，可見史氏在語言方面的琢磨如清眞予人雅麗之感，而又無夢窗晦澀難解之弊。史氏的詠物詞句經他千錘百煉之後，能配合所詠之物及自身的情感來設置出極佳的氛圍，如〈綺羅香・春雨〉中的「做冷欺花，將烟困柳」，巧妙的營造出迷濛的氣氛，如〈雙雙燕〉中的「柳昏花暝」，用字警煉，詞人以這種昏暗的景象來喻指黑暗的政治，反映自身所處的時代，更隱含了詞人對於朝廷不圖振作的憂慮。

　　史達祖繼承周邦彥而能成為風雅詞派的代表之因，從時代環境來看，隆興和議之後，南宋即走向妥協求和之路，在偏安享樂的環境氛圍之中，文人開始在宴席間逞才，並創作供娛樂之詞，唱詞之風又趨於極盛，帶動音律化、柔婉化的應歌和樂之詞大量產生，周派因此能重新抬頭。而南宋中後期出現了襲蘇、辛之貌卻未得其神的詞人，產生了過於價張的「粗豪」詞風，「姜夔、史達祖的出現，便帶有糾正辛派末流之積弊的因素。」〔註49〕。

　　史達祖詠物詞與周詞同樣具有「言情體物、窮極工巧」〔註50〕

〔註47〕梁啓勳著：《詞學》（臺北縣：學海出版社，2000 年 1 月），頁 104。
〔註48〕夏敬觀《忍古樓詞話》，唐圭璋編：《詞話叢編（五）》（北京：中華書局，2005 年 10 月），頁 4790。
〔註49〕王步高：《梅溪詞校注》（天津：天津人民出版社，1994 年 10 月），頁 429。
〔註50〕王國維《人間詞話》，唐圭璋編：《詞話叢編（五）》（北京：中華書局，2005 年 10 月），頁 4246。

的特色，但他對周邦彥並非亦步亦趨，其詠物詞的思想內涵又更為豐富，不過因史氏無法開拓出更高的藝術境界，故只能成為「清真之後勁」，而無法開宗立派，正如劉揚忠在《唐宋詞流派史》所云：

> 這位詞人繼承前人多而自闢新境少，軟媚有餘而氣魄不足，長於煉字鍛句之工巧清新而短於藝術境界之開拓創造。史達祖在詞藝上顯然只是能工巧匠而非宗師巨擘。這是他雖與姜夔齊名，但姜夔能成為開宗立派之巨匠而他只能成為北宋詞派的嗣響傳薪者的原因。〔註51〕

此因周詞講究結構整嚴，全篇渾成，具有一股氣魄，但史達祖偏於煉字鍛句，因此顯得工巧有餘，渾厚不足。不但渾厚不及周邦彥，也不及以清空之風獨樹一幟的姜夔。

（二）可歸「詞中之上乘」，但居「姜夔之次乘」

南宋張鎡是最早為史氏在詞史上定位的人，他在〈梅溪詞序〉中稱史詞：

> 有瑰奇警邁，清新閑婉之長，而無訑蕩汙淫之失。端可以分鑣清真，平倪方回，而紛紛三變行輩，幾不足比數。
> 〔註52〕

周邦彥、賀鑄兩人都是「語意精新，用心甚苦」〔註53〕的人，此番話就是將史氏視為最高典範來稱許，並將史達祖視為周邦彥風雅詞派的支脈，其成就可以和賀鑄比肩。

張鎡的〈梅溪詞序〉或許影響了一些清代的詞評家，他們將史達祖視為第一流的詞人，亦給予相當高的評價。如彭孫遹的《金粟詞話》

〔註51〕劉揚忠：《唐宋詞流派史》（北京：中國社會科學出版社，2007 年 1月），頁 411。

〔註52〕宋・張鎡〈梅溪詞序〉，金啓華等編：《唐宋詞集序跋匯編》（臺北市：臺灣商務印書館，1993 年 2 月），頁 238。

〔註53〕宋・王灼《碧雞漫志》，唐圭璋編：《詞話叢編（一）》（北京：中華書局，2005 年 10 月），頁 86。

曰：

> 南宋詞人，如白石、梅溪、竹屋、夢窗、竹山諸家之
> 中，當以史邦卿爲第一。〔註54〕

將史達祖視爲南宋詞人第一，超越姜夔，稱譽似乎太過，故陳廷焯深
表不以爲然而反駁張鎡、彭孫遹的說法：

> 此論推揚太過，不當其實。⋯⋯然同時如東坡、少游，
> 豈梅溪所能壓倒。至以竹屋、竹山與之並列，是又淺視梅
> 溪。大約南宋詞人以白石、碧山爲冠，梅溪次之，夢窗、
> 玉田又次之，西麓又次之，草窗又次之，竹屋又次之。竹
> 山雖不論可也。然則梅溪雖佳，亦何能超越白石，而與清
> 眞杭哉？〔註55〕

陳氏又云：

> 詞有表裡俱佳，文質適中者，溫飛卿、秦少游、周美
> 成、黃公度、姜白石、史梅溪、吳夢窗、陳西麓、王碧山、
> 張玉田、莊中白是也。詞中之上乘也。〔註56〕

他曾將詞分爲四等：表裡俱佳、文質適中、質過於文者，都屬上乘；
文過於質者，爲次乘；有文無質者，爲下乘；質亡而並無文者，不得
謂之詞。〔註57〕被陳氏視爲「詞中之上乘」的南宋六家姜、史、吳、
陳、王、張仍是有高下之分的，以此論史詞是較爲允當之見。

在許昂霄看來，史達祖詞成就其實還是不及姜夔詞，因此他在
《詞綜偶評》中說：

> 白石、梅溪，昔人往往並稱。驟聞之，史似勝姜，其
> 實則史稍遜堯章。昔鈍翁嘗問漁洋曰：「王、孟齊名，何以

〔註54〕清・彭孫遹《金粟詞話》，唐圭璋編：《詞話叢編（一）》（北京：中
　　　　華書局，2005年10月），頁722。

〔註55〕清・陳廷焯《白雨齋詞話》，唐圭璋編：《詞話叢編（四）》（北京：
　　　　中華書局，2005年10月），頁3800。

〔註56〕見清・陳廷焯《白雨齋詞話》，唐圭璋編：《詞話叢編（四）》（北京：
　　　　中華書局，2005年10月），頁3968。

〔註57〕參見清・陳廷焯《白雨齋詞話》，唐圭璋編：《詞話叢編（四）》（北
　　　　京：中華書局，2005年10月），頁3968～3969。

孟不及王？」漁洋答曰：「孟詩味之未能免俗耳。」吾於姜、
史亦云。〔註58〕

姜詞主清空，史詞趨向工麗，兩人作詞著力之處不同，工麗的技巧容
易學習，但清空的境界並非人人可至，故許氏認爲姜勝於史。

從這些詞評家對作家的直觀比較中，可以得知史達祖的地位在詞
壇應可歸「詞中之上乘」，但不超越姜夔，爲「姜夔之次乘」。〔註59〕

姜夔與史達祖同樣是受到周詞影響的人，如張鑑在〈姜夔傳〉中
說：

> 清眞濫觴於前，夢窗推波於其後，學者宗尚，要非溢
> 美。其後竹屋、玉田、梅溪、碧山之儔，遞相祖習，轉益
> 多師，洗草堂之纖穠，演黃初之眇論，後有作者，可以止
> 矣。〔註60〕

清初的詞論家往往將姜夔和史達祖一再並稱，「極妍盡態」爲兩人作
詞鋪陳刻畫之特色，王士禛就曾說：「宋南渡後，梅溪、白石、竹屋、
夢窗諸子，極妍盡態，反有秦、李未到者。雖神韻天然或減，要自令
人有觀止之嘆。」〔註61〕，而兩人同樣精於詠物，擅長慢詞之創作及
融篇鑄句，具有盡態極妍、瑰琢的人工之姿，故王士禛在《花草蒙拾》
中「史姜詠物絕唱」云：

> 張玉田謂詠物最難。體認稍眞，則拘而不暢，摹寫差
> 遠，則晦而不明。而以史梅溪之詠春雪、詠燕，姜白石之
> 詠促織爲絕唱。〔註62〕

〔註58〕 清・許昂霄《詞綜偶評》，唐圭璋編：《詞話叢編（二）》（北京：中
　　　　 華書局，2005 年 10 月），頁 1576。
〔註59〕 參見譚新紅：〈史達祖詞接受史初探〉，《中國韻文學刊》，2000 年第
　　　　 2 期，頁 58。
〔註60〕 清・謝章鋌《賭棋山莊詞話》，唐圭璋編：《詞話叢編（四）》（北京：
　　　　 中華書局，2005 年 10 月），頁 3358。
〔註61〕 清・王士禛《花草蒙拾》，唐圭璋編：《詞話叢編（一）》（北京：中
　　　　 華書局，2005 年 10 月），頁 682。
〔註62〕 清・王士禛《花草蒙拾》，唐圭璋編：《詞話叢編（一）》（北京：中
　　　　 華書局，2005 年 10 月），頁 682。

鄒祇謨《遠志齋詞衷》則說：

　　　　詠物固不可以不似，尤忌刻意太似。取形不如取神，
　　用事不若用意。宋詞至白石、梅溪，始得箇中妙諦。〔註63〕

王氏、鄒氏肯定史達祖與姜夔都有相當出類拔萃的詠物詞。姜史二人都是以思索安排來寫詠物詞的詞人，「融篇鍊句琢字之法，無一不備。」〔註64〕，姜夔寫詠物詞長於寄託，而史達祖更是將身世之感、君國之憂都寄託於詠物詞中。

　　史達祖在鋪敘刻畫方面受到周詞的影響，著重於工巧之詞藝；然而姜夔是能自周詞變化而出之人，其創作「避陳俗而尚瘦硬」，又好爲自度曲，乃表現出「清空宕折」之姿，〔註65〕又姜夔力圖超脫塵俗，將孤獨清高的人格與落寞的心境融化在清幽深遠的詞境中，表現出蒼涼的韻致，〔註66〕在藝術境界的開拓上較史氏又更高一層，因此地位凌駕於史氏之上，故清人許昂霄就認爲「史稍遜堯章」。

　　雖然史達祖未能成爲如姜夔一樣成爲宗師巨擘，只能成爲北宋婉約詞風的嗣響傳薪者、清眞之後勁，但他能發揮善於深思之長，以清奇俊秀之筆使其詠物詞「言近旨遠，其味乃厚；節短韻長，其情乃深；遣詞雅而用意渾，其品乃高，其氣乃靜。」〔註67〕，憂國傷時之情懷又能豐富詞的內涵，能反映社會現實，最終能成就自家面目，躋身南宋詞壇的名家，亦使風雅詞派的婉約詞更加生色，風格更爲多彩，史氏的成就與地位實不容小覷。

〔註63〕清・鄒祇謨《遠志齋詞衷》，唐圭璋編：《詞話叢編（一）》（北京：中華書局，2005年10月），頁653。

〔註64〕清・鄒祇謨《遠志齋詞衷》，唐圭璋編：《詞話叢編（一）》（北京：中華書局，2005年10月），頁651。

〔註65〕參見繆鉞、葉嘉瑩合著：《靈谿詞說》（臺北市：正中書局，1993年8月），頁544。

〔註66〕黃雅莉著：《宋詞雅化的發展與嬗變——以柳、周、姜、吳爲探究中心》（臺北市：文津出版社有限公司，2002年6月），頁107。

〔註67〕清・陳廷焯《白雨齋詞話》，唐圭璋編：《詞話叢編（四）》（北京：中華書局，2005年10月），頁3973。

二、史達祖詠物詞對後人的影響

史達祖在南宋的詞壇扮演著繼往開來的角色，其詞的藝術技巧受到歷代許多評論家的肯定，又能獨具風格，是一位重要詞人，對後人有著深遠的影響。

（一）步循典雅詞風的入門者，以句法啟示來者師法風雅詞的門徑

薛礪若曾提到史達祖對風雅詞派的貢獻：

> 與姜夔同時的，有一個很大的助手作家史達祖。他雖無白石的氣魄，但他能以婉妙的詩情，及工麗的術語入詞，不啻給白石一個最大的幫助，遂使此派詞學，更加生色，而予後人一個模仿的榜樣。在此期內，成名的作家，如高觀國、盧祖皋、孫惟信、張輯、張榘、劉光祖、汪莘、趙以夫、趙汝莰、鄭域、馮取洽、盧炳、翁孟寅等，都係姜、史的附庸，一時詞人之眾，如蜂起林立，遂造成「姜夔時期」最初期的優異史蹟。〔註68〕

如薛氏所云，史達祖詞中婉妙的詩情及工麗的術語成為後人模仿的榜樣。史詞在當時就已受到注意與討論，與史氏同時代的詞人姜夔曾讚賞史詞「奇秀清逸，有李長吉之韻，蓋能融情景於一家，會句意於兩得也。」〔註69〕，張鎡也十分欣賞史詞而寫了〈梅溪詞序〉，認為「蓋生之作，辭情俱到，織綃泉底，去塵眼中，妥帖輕圓，特其餘事……有瑰奇警邁，清新閑婉之長，而無詖蕩汙淫之失。端可以分鑣清眞，平倪方回，而紛紛三變行輩，幾不足比數。」〔註70〕。宋末張炎肯定史達祖的句法，讚賞他「格調不侔，句法挺異，俱能特立清新之意，

〔註68〕 薛礪若著：《宋詞通論》（臺北市：臺灣開明書店，1982 年 4 月），頁 268。
〔註69〕 宋·姜夔〈題梅溪詞〉，金啓華等編：《唐宋詞集序跋匯編》（臺北市：臺灣商務印書館，1993 年 2 月），頁 239。
〔註70〕 宋·張鎡〈梅溪詞序〉，金啓華等編：《唐宋詞集序跋匯編》（臺北市：臺灣商務印書館，1993 年 2 月），頁 238。

刪削靡曼之詞，自成一家，各名於世。」〔註71〕，在論及句法時，舉〈綺羅香·春雨〉中的「臨斷岸、新綠生時，是落紅、帶愁流處。」詞句爲例，以說明「詞中句法，要平妥精粹。一曲之中，安能句句高妙，只要拍搭襯副得去，於好發揮筆力處，極要用功，不可輕易放過，讀之使人擊節可也。」〔註72〕，在論及詠物時認爲〈東風第一枝·春雪〉、〈綺羅香·春雨〉、〈雙雙燕〉三首詞「此皆全章精粹，所詠瞭然在目，且不留滯於物。」〔註73〕，可見張炎十分欣賞史氏的詠物之作，足見史氏詠物詞在宋末就已爲世所重。

　　元代陸輔之在《詞旨》中據張炎的詞法，只體的敍述出風雅詞派詞人作詞所師法的重點；

　　　　周清眞之典麗，姜白石之騷雅，史梅溪之句法，吳夢
　　窗之字面。取四家之所長，去四家之所短，此翁之要訣。
　　〔註74〕

「以周姜爲首，正標示出遠祧清眞、近師白石的宗旨；而兼取史吳，則昭示了師法入門的正路。」〔註75〕，取周之典麗與姜之騷雅，所求在於情意內容的醇雅、有韻致，取史之句法與吳之句面，則著重形式上的藝術技巧工麗而稱詞體，可見史達祖的藝術技巧成爲後人師法風雅詞派入門的正路。除此之外，陸輔之於「屬對」、「警句」、「詞眼」中多引史氏的詠物詞句以爲塡詞的模範：如「屬對」方面引了〈綺羅香·春雨〉的「做冷欺花，將烟困柳。」、〈東風第一枝·春雪〉的「巧

〔註71〕宋·張炎《詞源》，唐圭璋編：《詞話叢編（一）》（北京：中華書局，2005 年 10 月），頁 255。

〔註72〕宋·張炎《詞源》，唐圭璋編：《詞話叢編（一）》（北京：中華書局，2005 年 10 月），頁 258。

〔註73〕宋·張炎《詞源》，唐圭璋編：《詞話叢編（一）》（北京：中華書局，2005 年 10 月），頁 262。

〔註74〕元·陸輔之《詞旨》，唐圭璋編：《詞話叢編（一）》（北京：中華書局，2005 年 10 月），頁 301～302。

〔註75〕劉少雄著：《南宋姜吳典雅詞派相關詞學論題之探討》（臺北市：臺灣大學出版委員會，1995 年 5 月），頁 20。

沁蘭心，偷黏草甲」；〔註76〕在「警句」方面引了〈綺羅香・春雨〉的「臨斷岸、新綠生時，是落紅、帶愁流處。記當日、門掩梨花，剪燈深夜語。」、〈雙雙燕〉的「愁損玉人，日日畫闌獨憑。」、〈東風第一枝・春雪〉的「恐鳳鞋、挑菜歸來，萬一灞橋相見。」；〔註77〕在「詞眼」方面則引了〈雙雙燕〉的「柳昏花暝」。〔註78〕

　　元、明壇，雖然詞已衰頹，但當時詞風也深受梅溪詞風影響，明人顧起綸曾言：

　　　　元季樂府之盛，慨又不出史邦卿蹊徑耳。〔註79〕

明人楊慎也肯定《梅溪詞》的成就，在《詞品》中摘錄了許多警句，如「尤爲姜堯章拈出」的〈東風第一枝・春雪〉詞句，而後說：「語精字煉，豈易及耶。」〔註80〕。

　　到了清代，史達祖以奇秀清逸的風格與高超的藝術技巧而成爲當時具影響力的詞人之一，評價也很高。清初浙西詞派風靡詞壇且影響最大，浙派詞人主南宋，以姜夔爲宗祖，並傾心於詞的格律與技巧，而史達祖句琢字煉的技巧比起姜夔有過之而無不及，因此史氏也頗受推崇，其開創者朱彝尊曾說過：「吾最愛姜、史。」〔註81〕，對此謝章鋌指出了朱彝尊推崇姜史，在詞壇掀起了一股步循典雅詞風的風潮：

　　　　至朱竹垞以姜、史爲的，自李武曾以逮屬樊榭，羣然

〔註76〕參見元・陸輔之《詞旨》，唐圭璋編：《詞話叢編（一）》（北京：中華書局，2005 年 10 月），頁 308。

〔註77〕參見元・陸輔之《詞旨》，唐圭璋編：《詞話叢編（一）》（北京：中華書局，2005 年 10 月），頁 322～323。

〔註78〕參見元・陸輔之《詞旨》，唐圭璋編：《詞話叢編（一）》（北京：中華書局，2005 年 10 月），頁 338。

〔註79〕明・顧起綸《花庵詞選跋》，《詞苑英華》本，引自孫克強編《唐宋人詞話》（鄭州：河南文藝出版社，1999 年 8 月），頁 711。

〔註80〕明・楊慎《詞品》，唐圭璋編：《詞話叢編（一）》（北京：中華書局，2005 年 10 月），頁 490。

〔註81〕清・謝章鋌《賭棋山莊詞話》，唐圭璋編：《詞話叢編（四）》（北京：中華書局，2005 年 10 月），頁 3501。

　　　和之，當其時亦無人不南宋。〔註82〕

自朱彝尊之後，雍正、乾隆年間，厲鶚是詞壇的赤幟，影響所及，甚
至當時有「家白石而戶梅溪」的情形，故謝氏又說：

　　　　雍正・乾隆間，詞學奉樊榭爲赤幟，家白石而戶梅溪
　　矣。〔註83〕

而由汪世儁〈國朝詞綜偶評〉序所述：

　　　　姜史以清超擅勝，人能習頌，家有其書。〔註84〕

可見當時民間流傳史詞的盛況。

　　不僅清初浙派詞人厲鶚崇尚史詞，其後的吳中七子、小山詞社、
晚清的況周頤小推崇史達祖。〔註85〕謝章鋌曾在《賭棋山莊詞話》中
提出小山詞社的詞人揣摩南宋詞卻未得精髓的問題，由謝氏所言可側
面得知史氏在清詞人心中的地位：

　　　　小山詞社諸君，亦多揣摩南宋，然得其髓者殊未見
　　也。……大抵今之揣摩南宋，只求清雅而已，故專以委夷
　　妥帖爲上乘。而不知南宋之所以勝人者，清矣而貴乎眞，
　　眞則有至情，雅矣而尤貴乎醇，醇則耐尋味。若徒字句修
　　潔，聲韻圓轉，而置立意於不講，則亦姜、史氏皮毛，周、
　　張之枝葉已。雖不纖靡，亦且浮膩，雖不叫囂，亦且薄弱。
　　　　僕於倚聲，屏學耳，何敢望梅溪、玉田、藩籬……。〔註86〕

這段話指出了南宋詞之佳處在於眞情、醇雅，在清詞人的眼中，史達
祖的詞可謂藝術技巧、內容俱佳，煉字琢句、聲韻、立意都是當時學
史詞者所不及之處，可見史詞的藝術成就受到肯定而成爲清詞人所崇

〔註82〕清・謝章鋌《賭棋山莊詞話》，唐圭璋編：《詞話叢編（四）》（北京：
　　　　中華書局，2005 年 10 月），頁 3530。

〔註83〕清・謝章鋌《賭棋山莊詞話》，唐圭璋編：《詞話叢編（四）》（北京：
　　　　中華書局，2005 年 10 月），頁 3458。

〔註84〕轉引自王步高著：《梅溪詞校注》（天津：天津人民出版社，1994 年
　　　　10 月），頁 439。

〔註85〕參見王步高著：《梅溪詞校注》（天津：天津人民出版社，1994 年 10
　　　　月），頁 438。

〔註86〕清・謝章鋌《賭棋山莊詞話》，唐圭璋編：《詞話叢編（四）》（北京：
　　　　中華書局，2005 年 10 月），頁 3460。

尚達到的目標。

（二）為後人詞曲創作取材之徑

史達祖是宋代詞壇上最擅長詠物的詞人之一，清人詞作中詠物詞
尤多，「這也使一些『規模物類』的詞人把梅溪奉為楷模，從而擴大
了他的影響」〔註87〕。史達祖精通音韻格律，其詠物詞詞調如〈雙雙
燕〉、〈綺羅香〉、〈月當廳〉、〈換巢鸞鳳〉等都是史氏自度曲，對後人
亦有深遠的影響。如史氏之後的南宋詞人吳文英，與史氏同樣師法周
邦彥，特別注意字句的雕琢研煉，密麗深曲為其詞的藝術特色，他曾
用史氏詠物詞詞調〈雙雙燕〉來填詞；風格多姿的張炎曾以〈綺羅香〉
詞調來填詞，其所作〈綺羅香・紅葉〉詞中的結句「記陰陰、綠遍江
南，夜窗聽暗雨。」〔註88〕與史達祖〈綺羅香・春雨〉結句「記當日、
門掩梨花，剪燈深夜語。」句法十分相似。而宋末注重鍛字煉句、審
音守律的遺民詞人陳允平、王沂孫及元代詞人張翥、張煮同樣也曾以
〈綺羅香〉詞調來填詞。清代顧貞觀、黃遵憲、朱彝尊、陳之韋都曾
以〈雙雙燕〉詞調來填詞，汪度、鄧祥麟、沈濤、高桐、朱彝尊、王
夫之以〈綺羅香〉詞調來填詞，梅懋、鄭廷楨、陳鐘祥、朱彝尊、吳
綺則以〈換巢鸞鳳〉詞調來填詞。清代馮金伯在《詞苑萃編》中記載
了汪蛟門夢見二女子唱史達祖〈雙雙燕〉詞，因而步史氏原韻而填了
一首〈雙雙燕〉：

> 汪蛟門記夢云：「己酉夏，夜夢二女子靚妝淡服，聯袂
> 踏歌於瓊花觀前，唱史邦卿〈雙雙燕〉詞。至『柳昏花暝』
> 句，宛轉嘹亮，字如貫珠。詢其姓，曰：『衛氏姐妹也。』
> 及覺，歌聲盈盈，猶住枕畔。」爰和前調云：「伊誰豔也，
> 看袖拂霓裳，廣寒清冷。柔情綽態，卻許羅襟相並。行過

〔註87〕王步高著：《梅溪詞校注》（天津：天津人民出版社，1994 年 10 月），
　　　　頁 441。

〔註88〕唐圭璋編纂：《全宋詞（五）》（北京：中華書局，2005 年 1 月），頁
　　　　4393。

玉勾仙井。更翩若驚鴻難定。衛家姐妹天人，不數昭陽雙
影。溜出歌聲圓潤。聽落葉迴風，十分幽俊。最堪憐處，
唱徹柳昏花暝。驚醒烏衣夢穩。眞難覓、天台芳信。魂銷
洛水巫山，獨抱枕兒斜凭。」〔註89〕

因夢境而作詞雖不可思議，但可見清詞人對於〈雙雙燕〉留下了深刻
印象，尤其喜歡史氏詞中的「柳昏花暝」句，故在其創作中亦使用了
此四字。

　　史達祖詠物詞〈雙雙燕〉中的詞句十分受到後人喜愛。元曲中可
發現由史詞入曲的曲調，元代《樂府群珠》中喬夢符的〈簾內佳人瞿
子成索賦〉有「迷楚雲花昏柳暝，隔湘煙水秀山明。」〔註90〕之句，
引用了史氏〈雙雙燕〉的「柳昏花暝」句。史達祖對清代朱彝尊的創
作深有影響，朱彝尊著名的詠物詞〈長亭怨慢‧雁〉寄寓了身世之感，
與史氏的〈雙雙燕〉淵源頗深，朱詞中「隨意落平沙，巧排作、參差
箏柱」、「寫不了相思，又蘸涼波飛去」，〔註91〕刻畫生動之妙是受到
史詞「還相雕梁藻井。又軟語、商量不定。」的啓發。〔註92〕清代張
惠言〈雙雙燕〉中的「商量多少雕簷，還是差池不定。」〔註93〕明顯
也是化用史詞「差池欲住，試入舊巢相並。還相雕梁藻井。又軟語、
商量不定。」。清代沈永啓的〈虞美人‧蓮涇阻雨〉中的「天公也似
太多情，拚得柳昏花暝滯人行。」〔註94〕搬用了史氏〈雙雙燕〉的「柳

〔註89〕清‧馮金伯《詞苑萃編》，唐圭璋編：《詞話叢編（三）》（北京：中
　　　華書局，2005 年 10 月），頁 2125。
〔註90〕明‧無名氏輯、楊家駱主編：《樂府群珠》（臺北：世界書局，1968
　　　年 11 月），頁 182。
〔註91〕汪泰陵選注：《清詞選注》（貴陽：貴州人民出版社，1992 年 10 月），
　　　頁 225～226。
〔註92〕參見張宏生著：《清代詞學的建構》（南京：江蘇古籍出版社，1998
　　　年 7 月），頁 146。
〔註93〕清‧丁紹儀輯：《清詞綜補》（北京：中華書局，1986 年 2 月），頁
　　　381。
〔註94〕清‧丁紹儀輯：《清詞綜補》（北京：中華書局，1986 年 2 月），頁
　　　45。

昏花暝」句，可見將史達祖詠物詞的名句搬用或是融入在詞作中成為清代詞人創作的風氣。

（三）為歷代詞選集所青睞，代表選家之審美風尚

而從歷代詞選集觀之，也可以看出史達祖詠物詞對後人的影響。「選集，是個人好尚的標識，是選家審美觀有意識的表現。」〔註95〕，文學作品經由選集可以被讀者所熟悉、接受，選集除了具有保存文本的功用之外，還是重要的傳播媒介，能增加作者及文本的知名度，而從選集更可見當代選家群體的詞學宗尚、審美風尚以及被選入的作品之重要性。

史達祖的詠物詞在南宋詞壇享有盛名，受到當代或後世讀者的肯定，故其詠物詞在歷代詞選集中屢次入選，經由歷代許多選集的傳播與保存，史氏詠物詞得以永存不朽。從筆者選取的宋、明、清、民國以來具有代表性的二十六種詞選集來看，自宋代開始，明代、清代至民國，都有選集選入史氏的詠物詞，可見史氏的作品有其重要性，能受到歷代選家的青睞與重視。〔註96〕史氏二十六首詠物詞只有〈西江月・賦木犀香數珠〉、〈菩薩蠻・賦軟香〉、〈留春令・金林檎詠〉未獲入選，可見史氏詠物詞中堆砌典故、應酬之作較不受肯定，其餘二十三首詠物詞則入選於這些詞選集中，各家所選之史氏詠物詞也不全都相同。在這些選集當中，有二十五種選集選入〈雙雙燕〉，二十三種選集選入〈綺羅香・春雨〉，十六種選集選入〈東風第一枝・春雪〉，此三首詞是史達祖所有詠物詞中入選歷代詞選集中次數最多的前三名；將〈雙雙燕〉、〈綺羅香〉、〈東風第一枝〉三首詞都選入的選本就超過一半，共有十五種選集，如宋趙文禮的《陽春白雪》、宋黃昇的《中興以來絕妙詞選》、宋周密的《絕妙好詞箋》、明卓人月的《古今詞統》、明潘游龍的《古今詩餘醉》、明陳耀文的《花草粹編》、清沈

〔註95〕李若鶯編著：《唐宋詞鑑賞通論》（高雄市：高雄復文圖書出版社，1996 年 9 月），頁 547。

〔註96〕詳細統計見本文第一章第一節。

長垣的《歷代詩餘》、清張宗櫹的《詞林紀事》、清程洪的《詞潔》、清張惠言、董子遠的《詞選/續詞選》、清朱彝尊的《詞綜》、清朱祖謀的《宋詞三百首箋注》、清沈時棟的《古今詞選》、民國俞陛雲的《唐五代兩宋詞選釋》、民國張夢機的《唐宋詞選註》，由此可知〈綺羅香‧春雨〉、〈雙雙燕〉、〈東風第一枝‧春雪〉三首堪稱爲史氏詠物詞的代表作。

　　這二十六種詞選集選入史氏的詞並非只有詠物詞而已，然而，筆者發現許多選集將詠物詞視爲史氏創作的精華、傑出的成就，如宋《草堂詩餘》、明潘游龍的《古今詩餘醉》、清張惠言與董子遠的《詞選/續詞選》、清夏秉衡的《歷朝名人詞選》、清沈時棟的《古今詞選》、民國胡雲翼的《宋詞選》、民國夏承燾的《唐宋詞選》、民國閔宗述的《歷代詞選注》、民國唐圭璋的《唐宋詞簡釋》，選入詠物詞均占選入史詞的百分之五十以上，可見史達祖的詠物詞因具有鮮明的個人藝術特色，在《梅溪詞》中特別突出，故受到選家的肯定，可見選家對於史氏詠物詞的評價是很高的。

　　張宏生曾云：

　　　　在詞史上，詠物詞的創作剛開始並沒有得到詞人們足夠的注意。北宋詞雖有柳、蘇諸人不斷開拓創作境界，豐富表現手法，但大體上仍沿襲「應歌」的傳統，以直接表達人物的思想感情爲主。一直要到南宋，隨著詞的創作意識的不斷加強，作家們逐漸從廣義的抒情詩的角度去認識詞這一特定的文學樣式，因而在許多方面對之進行了進一步的改革，在這種情勢之下，詠物詞才得到了充分的注意和長足的發展。這一趨勢，以姜夔爲轉折的標誌，經過史達祖等人的努力，至宋末張炎、王沂孫諸公而達到了極致，使得詠物詞在體式、風格、境界等許多方面都走向成熟，創造了詠物詞發展的一個輝煌時期。〔註97〕

史達祖將詠物之作推向一個新的水平，在藝術技法與風格的拓寬、創

〔註97〕張宏生著：《清代詞學的建構》（南京：江蘇古籍出版社，1998 年 7 月），頁 47～48。

造上確實有獨創建樹，對於詠物詞發展漸趨成熟，並創造出輝煌的時期，史達祖所貢獻的力量功不可沒，在詞史上應有一席之地。

小　結

　　探討史達祖詠物詞之風格與評價，能使我們了解史達祖在詞史上所扮演的角色及其詠物詞的價值。風格是使作家與作品獨樹一幟的要素，是決定文學作品的意義和價值的關鍵，能顯示作家所獨有的格調、神韻、氣勢和風采，因此當作家形成自己的風格，代表其創作已經臻於成熟境地。對於史達祖詠物詞的評價，為求公允、客觀，必須從整體進行評價，以明瞭史達祖詠物詞的文學價值。本章探討史達祖詠物詞之風格與評價，共有二項重點。

一、史達祖詠物詞風格的多樣化

　　本章第一節剖析史達祖詠物詞所展現之風格類型，以見史氏詠物詞的整體風貌與特色。

　　史氏起伏的人生際遇與高超的藝術技巧造就了精彩的詠物詞作，小我之感與大我之嘆都鎔鑄於其中，因此在詠物詞作上呈現出不同的風貌，有「奇秀清逸」、「柔媚淒婉」、「沉鬱悲涼」、「豪邁縱放」四種風格類型。

　　史達祖善以和暖之象與挺健之句營造「奇秀清逸」之風，「奇秀清逸」為《梅溪詞》的主體風格，亦為其詠物詞的顯著風格，在南宋風雅詞派人中，史達祖的詞風確實能獨樹一格。從史氏詠物詞中所選取之題材來看，多選取明麗的春季景物，能創造出婉約飄逸的詞境；又偏好使用質地輕盈、柔軟清逸的物象，使詠物詞有輕盈綽約之感，並呈現出清新明秀的特色，詞中明朗的色彩則予人清爽明亮之感，並能描繪出秀麗的畫面，因此使史達祖詠物詞具備婉約醇雅之本色。再者，史達祖在詠物詞中巧設奇幻之景意象，使詞作充滿了神秘奇幻的氣息。此外，奇秀清逸之風還具體表現在善於鍛鍊挺立不凡的語言方

面，〈綺羅香‧春雨〉、〈東風第一枝‧春雪〉、〈雙雙燕〉都是語言凝煉生動之作。史氏喜歡取中晚唐詩人之詩句，再經化用、改造鍛鍊而成清新精粹的佳句，能有所創新，同時更具有唐詩清婉明麗的風韻，為其詠物詞作增色不少。

史達祖承繼、發展唐末五代時花間派詞人柔美軟媚的風格，在內容方面，以抒發男女情事、悼念亡妻或愛人為主，風調纏綿、柔婉低徊，將哀傷的感情與離愁別恨委婉的寄託於景物之中，含蓄曲折的表達心靈深處的情思，結構縝密，語言綺麗，具有陰柔美，形成「柔媚淒婉」的詞風，如〈桃源憶故人‧賦桃花〉、〈留春令‧詠梅花〉、〈瑞鶴仙‧紅梅〉，真情自然流露，淒婉動人。

坎坷的人生遭遇使史達祖擅長於詠物詞中寄託小我之嘆，寄託深邃以形成「悲涼沉鬱」之致，詞中常顯出寂寞淒清的氣氛，並透過情景交融使情味悠長，故可感到濃厚的感傷、淒苦之情從文字中緩緩流瀉出來，如〈夜合花‧賦笛〉、〈齊天樂‧白髮〉反映詞人晚期孤苦寂寞的內心世界，因此筆調極為哀婉。

史達祖曾在計畫北伐的壯烈時代氣氛中激發起雄放的政治熱情，因時代催迫而造就「豪邁縱放」之調，此類詠物詞作頗具剛性美，表現出理充氣壯、跌宕縱橫的一面，與奇秀清逸的主體風格大不相同，可見史氏在創作手法方面的多樣化，如〈滿江紅‧中秋夜潮〉展現豪放的胸襟，表達對於投降派的憤慨，更可見無與倫比的自信。

史達祖詠物詞呈現出多樣化的風格，這對於史氏而言是一種突破，也是一種超越。史氏詠物詞的主體風格為「奇秀清逸」，代表詞人成熟的藝術境界，以及創作的穩定性；「柔媚淒婉」之詞作可見詞人對於愛情執著的態度；而「沉鬱悲涼」之詞作則體現出詞人在南宋動盪環境下生命的困頓與無奈，以及內心的沉重與壓抑；「豪邁縱放」之詞作是時代精神風貌的反映。無論是奇秀清逸、柔媚淒婉、沉鬱悲涼、豪邁縱放，都各有其美，能表現詞人的藝術個性，亦能予人美感享受。

二、因藝術成就而爲北宋婉約詞風的嗣響傳薪者,並 影響後世的創作、審美風尚

　　本章第二節從史達祖在風雅詞派諸家中的地位及史達祖詠物詞 對後人的影響兩個角度來探討史達祖詠物詞之整體評價。

　　從在風雅詞派諸家中的地位來看:史達祖身爲「風雅派的三大導師」 之一,其藝術成就誠爲風雅詞派詞人建立穩固基礎。從風格流派而言, 南宋風雅詞派是直接學習周邦彥詞的藝術手法發展而來的,清馮煦肯定 在南宋詞人之中,唯有史達祖的地位是能與周邦彥相提並論的。周、史 兩人均擅長詠物,史達祖發展變化周邦彥的詠物技巧,更加精雕細琢, 而史達祖詠物詞中有寄大我之嘆的特殊性寄託之作,寄託遙深,這正是 周邦彥所不及之處。又周邦彥的藝術表現手法爲史達祖所效法,史氏也 會從周邦彥的詞中汲取養分。在鍛字煉句方面,史達祖青出於藍,更爲 工巧、嚴整。史達祖對周邦彥並非亦步亦趨,史氏詠物詞的思想內涵又 更爲豐富,不過因他較多關注於鍛字煉句等形式層面,無法開拓出更高 的藝術境界,故只能成爲「清眞之後勁」,而無法開宗立派。南宋張鎡 將史達祖視爲周邦彥風雅詞派的支脈,以爲其成就可以和賀鑄比肩。清 彭孫遹將史達祖視爲南宋詞人第一,此稱譽似乎太過。清陳廷焯認爲史 詞表裡俱佳、文質適中,應爲「詞中之上乘」,不過南宋六家姜、史、 吳、陳、王、張仍是有高下之分的,以此論史詞是較爲允當之見。在清 許昂霄看來,姜夔清空的境界並非人人可至,故姜勝於史。從上述詞評 家對作家的直觀比較中,可以得知史達祖的地位在詞壇應可歸「詞中之 上乘」,但居「姜夔之次乘」。姜夔與史達祖同樣是受到周詞影響的人, 史達祖在鋪敘刻畫方面受到周詞的影響,著重於工巧之詞藝;然而姜夔 是能自周詞變化而出之人,在藝術境界的開拓上較史氏又更高一層,因 此地位凌駕於史氏之上。雖然史達祖只能成爲北宋婉約詞風的嗣響傳薪 者、清眞之後勁,但他能發揮善於深思之長,以清奇俊秀之筆成就自家 面目,躋身南宋詞壇的名家,亦使風雅詞派的婉約詞更加生色,其成就 與地位實不容小覷。

　　從史達祖詠物詞對後人的影響來看：首先，史達祖爲步循典雅詞風的入門者，以句法啓示來者師法風雅詞的門徑。史達祖詞中婉妙的詩情及工麗的術語成爲後人模仿的榜樣，藝術技巧更成爲後人師法風雅詞派入門的正路，在宋末就已爲世所重；元、明詞壇的詞風深受梅溪詞風影響；到了清代，史達祖以奇秀清逸的風格與高超的藝術技巧而成爲當時具影響力的詞人之一，評價也很高，更因清初浙西詞派開創者朱彝尊推崇姜史，而掀起了一股步循典雅詞風的風潮，又因厲鶚的影響造成民間流傳史詞的盛況。史詞的藝術成就在清代受到肯定並且成爲清詞人所崇尚達到的目標。其次，史氏詠物詞爲後人詞曲創作取材之徑。南宋詞人吳文英、張炎、陳允平、王沂孫，元代詞人張翥、張翥，清代詞人顧貞觀、汪蛟門、黃遵憲、朱彝尊、陳之蔁、汗度、鄧祥麟、沈濤、高桐、王夫之、梅熨、鄭廷楨、陳鐘祥、吳綺等都曾用史氏自度的詠物詞詞調來填詞；元曲中可發堨由史詞入曲的曲調，而將史達祖詠物詞的名句搬用或是融入在詞作中成爲清代詞人創作的風氣。再者，史氏詠物詞爲歷代詞選集所青睞，能代表選家之審美風尚。史氏詠物詞在南宋詞壇享有盛名，受到當代或後世讀者的肯定，故其詠物詞在歷代詞選集中屢次入選，從筆者選取的宋、明、清、民國以來具有代表性的二十六種詞選集來看，自宋代開始，明代、清代至民國，都有選集選入史氏的詠物詞，可見史氏的作品有其重要性，將〈雙雙燕〉、〈綺羅香〉、〈東風第一枝〉三首詞都選入的選本就超過一半，共有十五種選集，此三首詞堪稱爲史氏詠物詞的代表作。史達祖的詠物詞因具有鮮明的個人藝術特色，在《梅溪詞》中特別突出，故受到選家的肯定，可見選家對於史氏詠物詞的評價是很高的。

　　經由史達祖等人的努力，創造了詠物詞發展的一個輝煌時期，其詠物詞代表作爲後世詞人樹立了良好的典範。雖然史氏在詠物詞中展現出深切而執著的感情，使他無法超越自我的苦悶與憂患，對於宇宙人生，無法如王國維所言能做到「須入乎其內，又須出乎其

外」〔註98〕，詞的格調是不夠高的，但其高超的藝術技巧爲宋代詠物詞開闢了精巧細膩、美好的天地。

〔註98〕清・王國維《人間詞話》，唐圭璋編：《詞話叢編（五）》（北京：中華書局，2005 年 10 月），頁 4253。

第七章　結　論

　　史達祖是南宋中葉著名詞人，在史達祖《梅溪詞》的一百一十二首詞當中，詠物詞有二十六首，這些刻畫精工的詠物詞使他在南宋詞壇享有盛名，本論文即以史達祖詠物詞爲研究範圍。在此章結論中，統整以上各章節對於詠物詞的溯源及發展、史達祖詠物詞的創作背景、題材、思想內涵、藝術表現、風格類型、整體評價的研究成果，要點如下：

一、從詠物賦、詠物詩到詠物詞，語言的藝術性愈趨極致

　　中國的詩歌重視感物言志的傳統，詠物之作可說是淵源甚早。先秦時期詠物之作爲題材之先導、形式與內涵之初啓。漢魏六朝詠物賦從多種角度呈現物態的風采，描摹所詠之物的藝術手法已臻成熟，且已出現同題詠物的競采之作。齊梁時代，詩歌詠物之風始盛，文學集團主導創作，但此時期辭采靡麗的詠物詩缺乏意趣，成爲如謎語般的文字遊戲。唐代詠物詩確立了詠物詩重意興、主寄託的審美範型，詩人在表現形式上力求創新，題材也有所拓展，並展現出豐富的內容，尤以晚唐時期，投入詠物詩創作的人數或是作品的數量最爲可觀。宋代詠物詩開啓了詠物詩由抒情到言理的新風貌，具思想深刻、意境幽遠的特色。

　　觀察詠物詞發展的趨勢可知，投入詠物詞創作的詞人變多，選取題材的視角有所不同，寫作技巧則更為提升，藝術手法漸趨成熟。五代的敦煌詠物詞多為緣事而發之作，大多具有陽剛的氣息；唐五代文人詞多為奉制應和、酬唱之作，題材較為狹隘，富有陰柔的特性，而其含蓄委婉的表達方式，奠定了後來的詠物詞表現寄託之基礎。北宋前期，柳永用長調詠物，較能展現出詠物詞寫物為主的特性，對於後人創作詠物詞具有深遠的影響。北宋後期，蘇軾提高了詞體的文學地位；周邦彥則是使詞走向思索安排的途徑，呈現出渾厚和雅的氣象，宋詞因而雅化。南渡時期，詞人為慷慨悲壯之音，情感的深度較南渡前有所提升，奠定了南宋詞新風格之基礎。南宋前期，辛棄疾承繼古代詩歌「言志」的傳統，挖掘出詞在書寫方面的潛力，為南宋後起的詞人提供了新的創作範式。北伐失敗之後，講求音律之協與風格柔婉之詞為時人所需，「復雅」之風在南宋詞壇占主導地位，南宋中後期詞壇學清真的人日益增加，其中史達祖發展、變化清真的詠物技巧，所作工巧清新的詠物詞使得「梅溪詞」在詞史上頗富盛名。

　　觀察詠物之作的流變，可以發現詠物詩與詠物詞之間的不同特點。詠物詩少言兒女情長，詠物詞則是大膽言男女之情，亦能關注女性細膩的心理。詠物詩與詠物詞雖然同樣都注重寄託，但詠物詞比詠物詩具有更強烈的主體意識，更注意表現作家內在深層心靈的曲折外化；而詠物詩則多直接以物的特性來表達詩人的理念，所呈現的心靈變化不似詠物詞的深遠含蓄。在表達的內涵方面，詠物詩具有外向性、客觀性的特點，寫實色彩較濃，多關注於社會化的價值取向、出處進退等普遍情志；詠物詞則具有內向性、主觀性的特點，多關注於創作個體深層的心理體驗和情緒狀態，側重於內在性情及敏感幽微的生命意識的吐露。在藝術表現方面，詠物詞雖然是詠物詩創作手法的繼承與發揚，但詠物詞更強調情感的表達和形象塑造之間的相互感發的關係，因為只有善作情語的人才作景語，寫景寫物之中，必然包含著作者的深情。心中七情，目中萬景，情與景在心中已融會，由目應

而心會，從而達到一種神與物游、物我兩忘的境界。從描寫方式來看，詠物詩大筆勾勒，詠物詞則精細的描繪、刻畫。對大千世界景物的審美感受和表述能力更爲詞家所專擅。

　　從詠物詞發展的過程可見北宋、南宋的詠物詞展現出明顯的差異。北宋詠物詞爲應歌之作，多直抒胸臆，展現出清新明快的風格，讀來明白如話。南宋詠物詞爲應社之作，特別注意字句的雕琢，並且極爲講究藝術技巧，加上注重用典與寄託，因此讀來令人較感晦澀。北宋詠物詞以抒情爲主，因物起興，詞人與物保持一定的距離。而南宋詠物詞言志、抒情並重，專意寄託，詞人與物之間的距離拉近，甚至可說人與物已合而爲一。北宋詞人所作詠物詞輕柔嫵媚，以表現己身的心緒爲主。而南宋詞人因政治的壓迫而必須以含蓄的寄託來寫詠物詞，因時代動盪而引發的慨嘆與內容，在情感的深度上較北宋詠物詞有所提升。

二、時代氛圍、文學潮流、人生際遇激發出史達祖的詠物詞創作

　　時代風貌、文學思潮、個人經歷都會對作家的創作產生決定性的影響。

　　史達祖的詠物詞創作受到精神氣候與文化土壤的影響。首先，當時結社聯吟之風盛行，詠物詞作增多，並造成雕琢文字的創作風氣，提高了詞人創作的雅趣與藝術技巧，詞人的創作可以受到矚目，且有機會接觸許多新奇的事物，如此便擴大詠物詞取材的範圍。再者，社會經濟繁榮，人們重視娛樂藝術，節序中的盛況爲詞人提供許多詠物詞的吟詠題材，促成詞人大量的創作。其次，達官顯貴廣置園亭，資助文人詞客，迎合權貴的審美情趣與藝術品味成了影響詞人創作的重要因素。

　　審美觀念與意趣趨向的改變主導了史達祖詠物詞創作的方向。首先，復雅之風主導詞壇，詞人創作反對俗豔軟媚、傾向騷雅俊逸。再

者，在理學思想的薰染之下，南宋人的詠物詞作中常融入人生體悟與哲學思考。其次，江西詩派影響南宋詞人均染用典使事之習，又南宋的政治環境助長了寄託之作的產生，詞人的創作技巧臻於極致。

史達祖起伏的人生經歷與滄桑的世事變化造就了其精彩的詠物詞作。首先，史氏處於動盪的政治環境，曾在出使期間創作具有愛國情懷之詞作，但韓侂冑北伐失敗，黨附韓之史氏因而遭受到貶逐。再者，史氏任韓之堂吏，依勢弄權，當時為創作的高峰期，然而隨著韓氏的失敗，史氏因此受到後人鄙薄，詞作的表現也受到忽略。其次，史達祖曾參與詩社，常有與社友相互酬唱之作，對於詠物詞創作技巧的提升是有助益的。

　　史達祖生活在政治動盪的南宋時期，時代氛圍與其生平遭遇提供了極佳的材料，並高度激發了他的詠物詞創作，能反照人心與世道，展現才情與人性的自覺。

三、史達祖詠物詞以寄託遙深展現小我與大我之情

　　史達祖詠物詞作有二十六首，歸納分析史達祖詠物詞的題材範圍後可知，取自自然風物類有四首，取自地理類有一首，取自動物類有一首，取自植物類有十六首，取自器物類有三首，取自人體類則有一首。題材之中以取自植物類的作品最多，其中十五首以詠花卉為主，尤以詠梅之作為多，達六首，這反映出當時宋人愛花、賞花之生活雅趣與對藝術審美的追求。史氏詠花，不侷限於女子的閨怨、愁思、柔情，而能從花卉本身的特性來引發身世之感或家國之憂的深刻思考。取自人體類的詠白髮詞作〈齊天樂・白髮〉，在《全宋詞》中更是唯一的一首，這是其選材的獨特之處。

　　史達祖詠物詞的內涵，有屬於體物類的「詠物以見情趣」，亦有屬於寄興類的「詠物以寄小我之感」、「詠物以寄大我之嘆」。史氏詠物詞以寄興類的作品為多，共有十九首，其中大多是屬於小我的一般性寄託。

　　「詠物以見情趣」，指的是單純吟詠物象的作品，純粹描繪鋪陳物情、物性、物貌，能展現出物趣，詞人在作品中沒有融入主觀的個人情緒、情感，乃將「自身站立在旁邊」，以賞玩的角度來寫作。在七首無寄託的詞作中，史達祖詠海棠嬌豔之姿，梨花素雅之美、荷花潔淨之美、梅花高潔之美、林檎高貴之姿、及玉蕊與軟香相關典故，對於所詠之物形神俱似，然亦有思想性、藝術性不高的應酬之作。

　　「詠物以寄小我之感」，是屬於一般性的寄託，即是藉描摹客觀物象或因物興情，來展現個人的品格，抒發小我的身世之感與懷才不遇之慨，以及對於故鄉、舊友、愛人、親人的思念和真摯感情。在此類十六首詞作中，史達祖寄託了以高潔自詡之情，欲見用於世之願、貧士失職不下之慨、老去無依之愁、思鄉懷人之情、對美滿愛情之頌、悼亡傷逝之悲，柔情與愁思增添了詞作的情味。

　　「詠物以寄大我之嘆」，是屬於特殊性的寄託，即是詞人在吟詠物象之時，藉物抒發人我的家國之憂、政治的抱負與熱情，偏於忠臣賢士不志的怨憤之懷，或藉物本身以抒發自己不便明說之意，而此種詠物詞往往是詞人內心最真實幽微的反映。在此類三首詞作中，史達祖寄託了暗諷朝廷苟安現狀之意、主張收復故土的激情與豪氣、以及對國家前途的深切憂慮，都充分展現對國家的關注。

　　史達祖詠物詞多為寄託之作，表達的並非只是小我的懷才不遇與兒女情長，亦有關注大我的家國之憂。通過寄託遙深，史氏的小我與大我之情方能得到含蓄內斂的深摯展現。

四、史達祖詠物詞以嫻熟的藝術技巧展現思力安排之工

　　詞人詠物之作的詞境創造和詞心抒寫，離不開嫻熟的藝術技巧。從意象經營、章法結構安排、修辭技巧三方面探討史達祖詠物詞的藝術表現可得知：

　　在意象的經營上，史氏善用類型化的意象以營造深幽曲折之詞境美。月意象、水意象、夢意象、酒意象是史達祖在詠物詞中喜歡

使用的四大意象。月意象象徵了高潔和正義,用以表達不遇之哀情,閑情雅致,或是滿腔的愛國熱血,又用以營造神秘感。透過水意象展現雄心壯志,或是思索人生,表達真摯的相思。夢意象則能適切的表達詞人濃濃的愁緒,消解現實的遺憾。酒意象用以表達自己真實的感情,或是隱含表面含蓄、實質卻強烈的批評。意象的多義性與穩定性並存,爲史氏詠物詞的藝術特色。

在章法結構的安排上,史氏善用不同的抒情結構從而達到「寓整齊於變化之中」的和諧統一。從「調和性章法」來看,運用「抽象總說與具體分述法」可見詞人含蓄而堅定的情意與想法,「情景相副,婉轉關生法」使詞餘韻不絕,「多種事物並列而異流同歸主旨法」展現了自由聯想之創意。再從「中性章法」來看,以「距離遠近的展現法」來突顯所詠之物,或是使空間更爲遼闊,以「室內、室外的視野轉移法」能渲染出愁的氣氛,以「空間高低的變動法」使詞的空間更具立體感,以「今昔轉移的時間流動法」來加重悲傷凄惻的情調。從史達祖詠物詞所呈現的章法結構可見其縝密的思路,更增添了詠物詞的形式美。

在修辭技巧上,史氏善用不同修辭以豐富詞的審美效應。史氏詠物詞巧設比喻,生動的表現出所吟詠的物態,並能適切傳達心中的情思,其中史氏常用的「借喻」手法,語甚生新。在轉化技巧方面,常可見到「擬物爲人」手法的運用,故能使人與物相融。在借代技巧方面,能免於直捷說破之弊,詞語極富變化,亦使詞意有朦朧美。在襯托技巧方面,能表達強烈的感情,渲染氣氛。而史氏善用對偶,詞的節奏十分明快,充分展現出他在語言運用上的高度技巧。在用典使事方面,靈活且並不生僻,能適當的烘出題面,也豐富了詠物詞中的形象、內涵,使語言精練且更爲含蓄蘊藉。這些修辭技巧錘鍊出許多絕妙的詞語,提高了詞的藝術表現力,故其詠物詞可以予人深刻奇妙的感受。

五、從風格與評價看史達祖詠物詞的文學價值

風格是指藝術作品的格調與品位。既然史達祖詠物詞是在南宋特定的時代背景、詞人的人生遭遇、獨特的個性、氣質和藝術表現等內、外因素相互影響卜所創造出來的，就有屬於自己獨特的風格。探討史達祖詠物詞之風格與評價，能使我們了解史達祖在詞史上所佔擁的地位及其詠物詞的價值。

史達祖詠物詞風格的多樣化，能顯示史氏所獨有的格調、神韻、氣勢和風采，代表其創作已經臻於成熟境地。史氏詠物詞有「奇秀清逸」、「柔媚淒婉」、「沉鬱悲涼」、「豪邁縱放」四種不同的風格類型。其一，史達祖善以和暖之象與挺健之句營造「奇秀清逸」之士體風格，使史詞具備婉約醇雅之本色，並且在南宋風雅詞派人中能獨樹一幟；此種風格具體表現在偏嗜明麗輕盈、柔軟清逸之物象，巧設奇幻之景意象，善於鍛鍊挺立不凡的語言三方面。其二，史達祖詠物詞承繼傳統路線的柔媚淒婉之姿，在內容方面，以抒發男女情事、悼念亡妻或愛人爲主，將哀傷的感情與離愁別恨委婉的寄託於景物之中，含蓄曲折的表達心靈深處的情思，結構縝密，語言綺麗，具有陰柔美。其三，史達祖詠物詞寄託深邃以形成「悲涼沉鬱」之致，透過情景交融使濃厚的感傷、淒苦之情從文字中緩緩流瀉出來。其四，因時代催迫而造就「豪邁縱放」之調，此類詠物詞作頗具剛性美，表現出理充氣壯、跌宕縱橫的一面。這四種類型的風格是詞人對自己創作的突破，能表現其藝術個性，亦能予人美感享受，

探討史達祖詠物詞之整體評價可知史達祖因藝術成就而爲北宋婉約詞風的嗣響傳薪者，並影響後世的創作、審美風尚。

從在風雅詞派諸家中的地位來看：史達祖身爲「風雅派的三大導師」之一，其藝術成就誠爲風雅詞派詞人建立穩固基礎。從風格流派而言，史達祖發展變化周邦彥的詠物技巧，更加精雕細琢，而史達祖詠物詞寄託遙深，是周邦彥所不及之處。在鍛字煉句方面，史達祖青出於藍，更爲工巧、嚴整。史氏詠物詞的思想內涵雖更爲豐富，但因

他較多關注於鍛字煉句等形式層面，無法開拓出更高的藝術境界，故只能成爲「清眞之後勁」。而從歷代詞評家對作家的直觀比較中，可以得知史達祖的地位在詞壇應可歸「詞中之上乘」，但居「姜夔之次乘」。雖然史達祖只能成爲北宋婉約詞風的嗣響傳薪者、清眞之後勁，但他能發揮善於深思之長，以清奇俊秀之筆成就自家面目，使風雅詞派的婉約詞更加生色，其成就與地位實不容小覷。

從史達祖詠物詞對後人的影響來看：首先，史達祖爲步循典雅詞風的入門者，以句法啓示來者師法風雅詞的門徑。其次，史氏詠物詞爲後人詞曲創作取材之徑，元曲、清詞都受其沾溉。再者，史氏詠物詞因具有鮮明的個人藝術特色爲歷代詞選集所青睞，代表選家之審美風尚。

史達祖詠物詞代表作爲後世詞人樹立了良好的典範，高超的藝術技巧爲宋代詠物詞開闢了精巧細膩、美好的天地，更將婉約詞推上了完美境界。

文學創作應是超越了人生對於功利的欲求，欣賞史達祖的詠物詞，必須拋開他在人格上所爲人詬病之處，如此一來可以發現史達祖所織就的藝術世界是如此的絢麗多姿。透過本論文的論述，我們看見了史達祖在詠物詞創作方面的努力，經其錘鍊而成的詠物精工之作，鮮明的反映了他的人生況味，豐富的情志內涵、精湛的表現手法創造出史達祖詠物詞的文學價值，在詞史的河流中，史達祖是不會被淹沒的。

參考暨徵引書目

（按出版年代先後排列）

壹、書籍

一、傳統典籍

（一）詞作叢刻、總集、選集、別集

1. 《花草粹編》，明・陳耀文輯，明萬曆癸未刊本，國家圖書館藏，1583年。

2. 《花菴絕妙詞選》，宋・黃昇編，《詞苑英華》，明崇禎間虞山毛氏汲古閣刊本，國家圖書館藏，1628年。

3. 《古今詞統》，明・卓人月編，明崇禎間刊本，國家圖書館藏，1628年。

4. 《古今詩餘醉》，明・潘游龍編，明崇禎丁丑海陽胡氏十竹齋刊本，國家圖書館藏，1637年。

5. 《絕妙好詞箋》，宋・周密編、清・查為仁、厲鶚箋，臺北市：世界書局，1956年2月。

6. 《古今詞選》，清・沈時棟選，臺北市：臺灣東方書店，1956年5月。

7. 《唐宋詞選》，夏承燾、盛弢青選注，北京：中國青年出版社，1962年6月。

8. 《陽春白雪》，宋・趙聞禮編，臺北縣：藝文書局，1966年。

9. 《詞選/續詞選》，清・張惠言錄、清・董子遠續錄，臺北市：廣文書局有限公司 1970年1月。

10. 《宋四家詞選箋》，清・周濟輯、鄺利安箋注，臺北市：臺灣中華書

局，1971 年 1 月。

11. 《歷朝名人詞選》，清・夏秉衡撰，臺北市：西南書局有限公司，1973 年 3 月。

12. 《宋七家詞選》，清・戈載輯，清・杜文瀾校注，臺北市：河洛圖書 出版社，1978 年 5 月。

13. 《宋詞選粹述評》，王宗樂著，臺北市：中華書局，1981 年 6 月。

14. 《唐宋詞簡釋》，唐圭璋選釋，臺北市：木鐸出版社，1982 年 3 月。

15. 《欽定四庫全書集部：竹屋癡語》，清・紀昀等撰，《景印文淵閣四 庫全書集部四二七詞曲類・第 1488 冊》，臺北市：臺灣商務印書館， 1983 年。

16. 《欽定四庫全書集部：梅溪詞、散花菴詞》，清・紀昀等撰，《景印 文淵閣四庫全書集部四二七詞曲類・第 1488 冊》，臺北市：臺灣商 務印書館，1983 年。

17. 《宋詞舉》，陳匪石編著，臺北市：正中書局，1983 年 1 月。

18. 《宋詞三百首箋注》，清・朱祖謀選輯、唐圭璋箋注，臺北縣：漢京 文化事業有限公司，1983 年 6 月。

19. 《唐宋詞選釋》，顧俊發行，臺北市：木鐸出版社，1985 年 5 月。

20. 《全唐五代詞》，張璋、黃畬編，上海：上海古籍出版社，1986 年 2 月。

21. 《清詞綜補》，清・丁紹儀輯，北京：中華書局，1986 年 2 月。

22. 《宋詞選》，胡雲翼選注，香港：中華書局，1986 年 3 月。

23. 《胡適選註的詞選》，胡適選著，臺北市：遠流出版事業股份有限公 司，1986 年 5 月。

24. 《梅溪詞》，宋・史達祖撰，雷履萍、羅煥章校注，上海：上海古籍 出版社，1988 年 4 月。

25. 《唐五代兩宋詞選釋》，俞陛雲撰，臺北市：文史哲出版社，1988 年 7 月。

26. 《草堂詩餘》，宋・不著輯人、明・楊慎批點，《叢書集成續編・第 205 冊》，臺北市：新文豐出版公司，1989 年。

27. 《四印齋所刻詞》，清・王鵬運輯，上海：上海古籍出版社，1989 年 8 月。

28. 《詞綜》，清・朱彝尊纂，鄭州：中州古籍出版社，1990 年 11 月。

29. 《唐宋詞鑑賞》，唐圭璋等撰，臺北市：五南圖書出版有限公司，1991 年 6 月。

30. 《唐宋詞百首詳解》，靳極蒼著，太原：山西教育出版社，1992 年 4 月。

31. 《白話宋詞精華》，關永禮主編，黑龍江省：哈爾濱出版社，1992 年 10 月。

32. 《清詞選注》，汪泰陵選注，貴陽：貴州人民出版社，1992 年 10 月。

33. 《唐五代詞選集》，黃進德選注，上海：上海古籍出版社，1993 年 2 月。

34. 《唐宋婉約詞賞譯》，房開江著，北京：華夏出版社，1993 年 7 月。

35. 《宋詞百首譯釋》，陶爾夫編著，哈爾濱市：黑龍江人民出版社，1993 年 8 月。

36. 《梅溪詞校注》，王步高著，天津：天津人民出版社，1994 年 10 月。

37. 《全宋詞精華》，俞朝剛、周航主編，瀋陽：遼寧古籍出版社，1995 年 6 月。

38. 《宋詞精華》，顧易生等主編，成都：巴蜀書社，1995 年 6 月。

39. 《增訂注釋全宋詞》，朱德才主編，北京市：文化藝術出版社，1997 年 12 月。

40. 《全唐五代詞》，曾昭岷、曹濟平、王兆鵬、劉尊明等編撰，北京：中華書局，1999 年 12 月。

41. 《唐宋詞選註》，張夢機、張子良編著，臺北市：華正書局，2000 年 10 月。

42. 《梅溪詞選釋》，周念先著，香港：天馬圖書有限公司，2001 年 3 月。

43. 《唐宋詞選》，王友勝選注，西安：太白文藝出版社，2004 年 5 月。

44. 《歷代詞選注》，閔宗述、劉紀華、耿相沅選注，臺北市：里仁書局，2004 年 9 月。

45. 《中興以來絕妙詞選》，宋·黃昇輯，北京：北京圖書出版社，2004 年 10 月。

46. 《全宋詞》，唐圭璋編，北京市：中華書局，2005 年 1 月。

47. 《詞潔》，清·先著、清·程洪輯，保定：河北大學出版社，2007 年 9 月。

48. 《唐宋名家詞選》，龍沐勛編選、卓清芬注說，臺北市：里仁書局，2007 年 10 月。

49. 《歷代詩餘》，清·沈辰垣編，清文淵閣四庫全書本，清華大學圖書館藏，2008 年。

50. 《宋詞三百首全譯》，沙靈娜譯注，貴陽市：貴州人民出版社，2008年9月。

51. 《南宋風雅詞箋》，張永義選注，北京：當代世界出版社，2009年10月。

（二）詞話、詞論

1. 《直齋書錄解題》，宋・陳振孫撰，臺北市：廣文書局，1979年5月。

2. 《介存齋論詞雜著》，清・周濟著，《中國古典文學理論批評專著選輯》，北京：人民文學出版社，1984年5月。

3. 《蒿庵論詞》，清・馮煦著，《中國古典文學理論批評專著選輯》，北京：人民文學出版社，1984年5月。

4. 《藝概》，清・劉熙載著，臺北市：金楓出版有限公司，1986年12月。

5. 《唐宋詞集序跋匯編》，金啟華等編，臺北市：臺灣商務印書館，1993年2月。

6. 《唐宋人詞話》，孫克強編，鄭州：河南文藝出版社，1999年8月。

7. 《古今詞話》，清・沈雄撰，《四庫全書存目叢書補編第四十五冊》，清康熙二十八年澄暉堂刻本，濟南市：齊魯書社，2001年。

8. 《齊東野語》，宋・周密撰、張茂鵬點校，北京市：中華書局，2004年5月。

9. 《詞話叢編》，唐圭璋編，北京：中華書局，2005年10月。

（三）詩文與經傳之總集、選集、別集

1. 《觀堂集林》，王國維撰，《讀書箚記叢刊第一集（第六冊）》，臺北市：世界書局，1964年9月。

2. 《梅花字字香前後集》，元・郭豫亨撰，《琳琅秘室叢書第四函》，臺北市：藝文印書館，1966年。

3. 《梅品》，宋・張功甫撰，《夷門廣牘第六函》，板橋市：藝文印書館，1966年。

4. 《畫鑒》，元・湯垕撰，《學海類編第二十一函》，臺北市：藝文印書館，1966年。

5. 《詳註分類歷代詠物詩選》，清・俞琰輯、易縉雲、孫奮揚合註，臺北市：廣文書局有限公司，1968年1月。

6. 《樂府群珠》，明・無名氏輯、楊家駱主編，臺北：世界書局，1968年11月。

7. 《藝文類聚》，唐・歐陽詢等撰，臺北市：文光出版社，1977年8月。

8. 《賦選注》，傅隸樸選注，臺北市：正中書局，1977 年 8 月。

9. 《昭明文選》，梁·昭明太子撰、唐·李善注，臺北市：文化圖書公司，1977 年 10 月。

10. 《全唐詩》，清·聖祖御定，臺北市：文史哲出版社，1978 年 12 月。

11. 《翠微南征錄》，宋·華岳撰，臺北市：臺灣商務印書館股份有限公司，1981 年 2 月。

12. 《江湖長翁集》，宋·陳造撰，《景印文淵閣四庫全書集部一 0 五別集類·第 1166 冊》，臺北市：臺灣商務印書館，1983 年。

13. 《劍南詩稿》，宋·陸游撰，《景印摛藻堂四庫全書薈要集部別集類·第 42 冊》，臺北市：世界書局，1987 年。

14. 《文賦集釋》，晉·陸機撰、張少康集釋，臺北縣：漢京文化事業有限公司，1987 年 2 月。

15. 《詠物詩》，明·瞿佑撰，《叢書集成續編·第 169 冊》，臺北市：新文豐出版公司，1988 年。

16. 《歷代名賦選》，宋安華編選，鄭州：黃河文藝出版社，1988 年 4 月。

17. 《玉臺新詠箋注》，陳·徐陵編·清·吳兆宜注，臺北市：明文書局，1988 年 7 月。

18. 《佩文齋詠物詩選》，清·康熙御定，清·張玉書、王鴻緒、汪霦、查慎行等編錄，臺北市：廣文書局有限公司，1988 年 11 月。

19. 《全宋詩（二）》，北京大學古文獻研究所編，北京：北京大學出版社，1991 年 7 月。

20. 《全宋詩（十）》，北京大學古文獻研究所編，北京：北京大學出版社，1992 年 6 月。

21. 《全宋詩（六）》，北京大學古文獻研究所編，北京：北京大學出版社，1992 年 8 月。

22. 《十三經》，賈傳棠編輯，鄭州市：中州古籍出版社，1992 年 12 月。

23. 《韓詩外傳譯注》，劉達純譯注，長春：東北師範大學出版社，1993 年 5 月。

24. 《全宋詩（十四）》，北京大學古文獻研究所編，北京：北京大學出版社，1993 年 9 月。

25. 《袁枚詩文》，李靈年、李澤平譯注，臺北市：錦繡出版事業股份有限公司，1993 年。

26. 《西京雜記》，東晉·葛洪編纂、成林等譯注，臺北市：地球出版社，1994 年 9 月。

27. 《列仙傳》，漢・劉向撰，上海：上海古籍出版社，1995 年 2 月。

28. 《孔子家語》，三國魏・王肅編撰，北京：北京燕山出版社，1995 年 4 月。

29. 《論衡（中）》，東漢・王充著，臺北市：臺灣古籍出版社，1997 年 8 月。

30. 《歷代詩選注》，鄭文惠、歐麗娟、陳文華、吳彩娥選注，臺北市：里仁書局，1998 年 10 月。

31. 《樂府詩集》，宋・郭茂倩編撰，臺北市：里仁書局，1999 年 1 月。

32. 《周易譯注》，周振甫譯注，臺北市：五南圖書出版有限公司，1999 年 2 月。

33. 《竹林答問》，清・陳僅撰，收於《四庫未收書輯刊（玖輯～參拾冊）》，北京：北京出版社，2000 年。

34. 《詩經選注》，區萬里選注，臺北縣：正中書局股份有限公司，2001 年 10 月。

35. 《全唐五代詩格匯考》，張伯偉編，南京：江蘇古籍出版社，2002 年 2 月。

36. 《太平廣記》，宋・李昉等編，北京：中華書局，2003 年 6 月。

37. 《宋論》，清・王夫之著，北京：中華書局，2003 年 11 月。

38. 《世說新語》，南朝宋・劉義慶著、里望譯注，太原：山西古籍出版社，2004 年 1 月。

39. 《杜詩詳註（二）》，唐・杜甫撰、清・仇兆鰲注，臺北縣：漢京文化事業有限公司，2004 年 3 月。

40. 《新譯國語讀本》，易中天注譯，臺北市：三民書局股份有限公司，2004 年 5 月。

41. 《齊梁體詩選》，胡大雷選注，保定：河北大學出版社，2004 年 5 月。

42. 《新譯唐才子傳》，戴揚本注譯，臺北市：三民書局股份有限公司，2005 年 9 月。

43. 《全漢賦校注》，費振剛、仇仲謙、劉南平校注，廣州：廣東教育出版社，2005 年 9 月。

44. 《新譯楚辭讀本》，傅錫壬注譯，臺北市：三民書局股份有限公司，2005 年 10 月。

45. 《淮南子》，劉安等撰、許匡一譯注，臺北市：臺灣古籍出版有限公司，2005 年 12 月。

46. 《太平御覽》，宋・李昉等撰，北京：中華書局，2006 年 6 月。

（四）詩話類

1. 《清詩話》，丁仲祜編訂，臺北縣：藝文印書館，1977 年 5 月。

2. 《原詩》，清‧葉燮著、霍松林校注，《中國古典文學理論批評專著選輯》，北京：人民文學出版社，1979 年 9 月。

3. 《清詩話續編》，郭紹虞編選，臺北市：木鐸出版社，1983 年 12 月。

4. 《二十四詩品》，唐‧司空圖著，臺北市：金楓出版有限公司，1987 年 6 月。

5. 《鍾嶸詩品箋證稿》，王叔岷撰，臺北市：中央研究院中國文哲研究所，1992 年 3 月。

6. 《文心雕龍注釋》，梁‧劉勰著、周振甫注，臺北市：里仁書局，1994 年 7 月。

7. 《瀛奎律髓彙評（下）》，元‧方回選評、李慶甲集評校點，上海：上海古籍出版社，2005 年 4 月。

8. 《冷齋夜話》，宋‧惠洪撰、李保民校點，《宋元筆記小說大觀（二）》，上海：上海古籍出版社，2007 年 3 月。

（五）史傳‧紀事

1. 《都城紀勝》，宋‧灌圃耐得翁撰，清山暉草堂鈔本，國家圖書館藏，1644 年。

2. 《唐國史補》，唐‧李肇撰，臺北市：世界書局，1962 年 2 月。

3. 《浩然齋雅談》，宋‧周密撰，《百部叢書集成之二十七》，板橋市：藝文書局，1966 年。

4. 《武林舊事》，宋‧周密撰，《知不足齋叢書第十六函》，臺北市：藝文印書館，1966 年。

5. 《山家清供》，宋‧林洪撰，《夷門廣牘》，板橋市：藝文印書館，1968 年。

6. 《稗史彙編》，明‧王圻纂，臺北市：新興書局，1969 年 2 月。

7. 《詞林紀事》，清張宗橚輯、楊家駱主編，臺北縣：鼎文書局，1971 年 3 月。

8. 《新校本宋史記事本末》，明‧馮琦、沈越、陳邦瞻等撰、楊家駱主編，臺北市：鼎文書局，1978 年 3 月。

9. 《維摩經註》，東晉‧鳩摩羅什譯、東晉‧僧肇述，苗栗縣：無量壽出版社，1978 年 9 月。

10. 《新校本宋史並附編三種二》，元‧脫脫等撰、楊家駱主編，臺北縣：

鼎文書局，1978 年 11 月。

11. 《新校本宋史並附編三種十七》，元‧脫脫等撰、楊家駱主編，臺北縣：鼎文書局，1978 年 11 月。

12. 《新校本後漢書並附編十三種三》，宋‧范曄等撰、楊家駱主編，臺北市：鼎文書局，1978 年。

13. 《新校本晉書並附編六種二》，唐‧房玄齡等撰、楊家駱主編，臺北縣：鼎文書局，1979 年。

14. 《新校本史記三家注并附編二種二》，漢‧司馬遷著、楊家駱主編，臺北市：鼎文書局，1979 年 2 月。

15. 《襄陽耆舊記》，東晉‧習鑿齒撰、黃惠賢校補，河南：中州古籍出版社，1987 年 3 月。

16. 《新校本宋書附索引三》，梁‧沈約等撰、楊家駱主編，臺北市：鼎文書局，1987 年 5 月。

17. 《夢粱錄》，宋‧吳自牧撰，《中國近代小說史料續編（三十五）》，臺北市：廣文書局，1987 年 10 月。

18. 《劇談錄》，唐‧康駢撰，《叢書集成續編‧第 104 冊》，臺北市：新文豐出版公司，1989 年 7 月。

19. 《新校本舊唐書附索引六》，後晉‧劉昫等撰、楊家駱主編，臺北市：鼎文書局，1989 年 12 月。

20. 《北夢瑣言》，宋‧孫光憲撰，《中國野史集成（四）》，成都：巴蜀書社，1993 年。

21. 《開元天寶遺事》，唐‧王仁裕撰，《唐代筆記小說（二）》，石家莊：河北教育出版社，1994 年 4 月。

22. 《四朝聞見錄》，宋‧葉紹翁撰，符均注，西安市：三秦出版社，2004 年 5 月。

23. 《育德堂奏議》，宋‧蔡幼學撰，宋刻本，2008 年，清華大學圖書館藏。

二、今人論著

（一）詞學理論、專著

1. 《宋詞通論》，薛礪若著，臺北市：臺灣開明書店，1982 年 4 月。

2. 《詞論》，劉永濟著，臺北市：源流文化事業有限公司，1982 年 5 月。

3. 《中國古典詩歌評論集》，葉嘉瑩著，臺北市：純真出版社，1983 年 4 月。

4. 《宋詞四考》，唐圭璋著，江蘇：江蘇古籍出版社，1985 年 9 月。

5. 《微睇室說詞》，劉永濟著，上海：上海古籍出版社，1987 年 5 月。

6. 《南宋詞研究》，王偉勇著，臺北市：文史哲出版社，1987 年 9 月。

7. 《詞學論薈》，趙爲民、程郁綴選輯，臺北市：五南圖書出版公司，1989 年 7 月。

8. 《宋詞研究》，胡雲翼著，臺南市：大行出版社，1990 年 6 月。

9. 《唐宋五十名家詞論》，陳如江著，上海：華東師範大學出版社，1992 年 7 月。

10. 《靈谿詞說》，繆鉞、葉嘉瑩合著，臺北市：正中書局，1993 年 8 月。

11. 《婉約詞派的流變》，艾治平著，瀋陽市：遼寧大學出版社，1994 年 1 月。

12. 《唐宋詞十七講》，葉嘉瑩著，臺北市：桂冠圖書股份有限公司，1994 年 3 月。

13. 《詞話十論》，劉慶雲編著、王偉勇編審，臺北縣：祺齡出版社，1995 年 1 月。

14. 《詞的審美特性》，孫立著，臺北市：文津出版社，1995 年 2 月。

15. 《南宋姜吳典雅詞派相關詞學論題之探討》，劉少雄著，臺北市：臺灣大學出版委員會，1995 年 5 月。

16. 《宋代婉約詞品評》，高福壽、葛全城編著，北京：中國青年出版社，1995 年 9 月。

17. 《唐宋詞主題探索》，楊海明著，高雄市：麗文文化公司，1995 年 10 月。

18. 《唐宋詞鑑賞通論》，李若鶯著，高雄市：高雄復文圖書出版社，1996 年 9 月。

19. 《龍榆生詞學論文集》，龍榆生著，上海：上海古籍出版社，1997 年 7 月。

20. 《清代詞學的建構》，張宏生著，南京：江蘇古籍出版社，1998 年 7 月。

21. 《詞學》，梁啓勳著，臺北縣：學海出版社，2000 年 1 月。

22. 《宋詞雅化的發展與嬗變——以柳、周、姜、吳爲探究中心》，黃雅莉著，臺北市：文津出版社有限公司，2002 年 6 月。

23. 《詞學專題研究》，王偉勇著，臺北市：文史哲出版社，2003 年 4 月。

24. 《南宋詠梅詞研究》，賴慶芳著，臺北市：臺灣學生書局，2003 年 8 月。

25. 《唐宋詞格律》，龍榆生著，香港：三聯書店有限公司，2003 年 10 月。

26. 《黃文吉詞學論集》，黃文吉著，臺北市：臺灣學生書局有限公司，2003 年 11 月。

27. 《唐宋詞流派研究》，余傳棚著，武漢：武漢大學出版社，2004 年 6 月。

28. 《唐宋詞與商業文化關係研究》，王曉驪著，北京市：中國社會科學出版社，2004 年 8 月。

29. 《宋代詠物詞史論》，路成文著，北京：商務印書館，2005 年 12 月。

30. 《古典詩歌研究彙刊第一輯：章法風格析論——以蘇軾詞、姜夔詞爲考察對象》，蒲基維著，臺北縣：花木蘭文化出版社，2007 年 3 月。

31. 《宋代詞學批評專題探究》，黃雅莉著，臺北市：文津出版社有限公司，2008 年 4 月。

32. 《詠物流變文化論》，鄔巔著，長沙：湖南人民出版社，2009 年 8 月。

33. 《宋詞的文學質性研究》，許興寶著，四川：巴蜀書社，2009 年 11 月。

34. 《唐宋詞拾玉：以篇章結構分析爲軸心》，陳滿銘著，臺北市：萬卷樓圖書股份有限公司，2010 年 7 月。

（二）詞史

1. 《南宋詞史》，陶爾夫、劉敬圻著，哈爾濱市：黑龍江人民出版社，1992 年 12 月。

2. 《唐宋詞史》，楊海明著，高雄市：麗文文化公司，1996 年 2 月。

3. 《中國詩學史：詞學卷》，蔣哲倫、傅蓉蓉著，廈門市：鷺江出版社，2002 年 9 月。

4. 《中國詞史》，黃拔荊著，福州市：福建人民出版社，2003 年 5 月。

5. 《兩宋詞史》，史仲文著，北京：中國社會出版社，2005 年 7 月。

6. 《唐宋詞流派史》，劉揚忠著，北京：中國社會科學出版社，2007 年 4 月。

（三）詩學論著、文學理論

1. 《詩論》，朱光潛著，臺北縣：漢京文化事業有限公司，1982 年 12 月。

2. 《意象的流變》，蔡英俊編，臺北市：聯經出版事業公司，1983 年 4 月。

3. 《宋詩概說》，吉川幸次郎著、鄭清茂譯，臺北市：聯經出版事業公司，1983 年 5 月。

4. 《六朝詩論》，洪順隆撰，臺北市：文津出版社，1985 年 3 月。

5. 《司空圖詩品衍繹》，詹幼馨著，臺北市：仁愛書局，1985 年 9 月。

6. 《中國古典文學研究叢刊——詩歌之部（一）》，柯慶明、林明德主編，臺北市：巨流圖書公司，1986 年 10 月。

7. 《論詩詞曲雜著》，俞平伯著，臺北市：長安出版社，1988 年 11 月。

8. 《中國詩歌藝術研究》，袁行霈著，臺北市：五南圖書出版公司，1989 年 5 月。

9. 《比興、物色與情景交融》，蔡英俊著，臺北市：大安出版社，1990 年 8 月。

10. 《文學心理學》，錢谷融、魯樞元著，臺北市：新學識文教出版中心，1990 年 9 月。

11. 《南宋四大家詠花詩研究》，蕭翠霞撰，臺北市：文津出版社有限公司，1994 年 5 月。

12. 《中國詩學》，陳慶輝著，臺北市：文史哲出版社，1994 年 12 月。

13. 《中國詩詞風格研究》，楊成鑒著，臺北市：洪葉文化事業有限公司，1995 年 12 月。

14. 《寫作美學》，張紅雨著，高雄市：麗文文化事業股份有限公司，1996 年 10 月。

15. 《杜詩意象論》，歐麗娟著，臺北市：里仁書局，1997 年 12 月。

16. 《文章章法論》，仇小屏著，臺北市：萬卷樓圖書有限公司，1998 年 11 月。

17. 《花落又關情》，陳啓佑著，臺北市：新自然主義股份有限公司，2000 年 5 月。

18. 《中國原創性美學》，諸葛志著，上海：上海古籍出版社，2000 年 5 月。

19. 《宋代文學通論》，王水照主編，高雄：高雄復文圖書出版社，2000 年 6 月。

20. 《迦陵論詩叢稿》，葉嘉瑩著，臺北市：桂冠圖書股份有限公司，2000 年 6 月。

21. 《中國文學欣賞舉隅》，傅庚生著，臺北市：萬卷樓圖書股份有限公司，2002 年 12 月。

22. 《詩詞意象的魅力》，嚴雲受著，合肥：安徽教育出版社，2003 年 2 月。

23. 《風格縱橫談》，顏瑞芳、溫光華著，臺北市：萬卷樓圖書股份有限公司，2003 年 2 月。

24. 《篇章結構類型論》，仇小屏著，臺北市：萬卷樓圖書股份有限公司，2005 年 7 月。

25. 《夢的解析》，佛洛伊德著、呂俊、高申春、侯向群譯，臺北市：知書房出版社，2006 年 9 月。

26. 《篇章意象論：以古典詩詞為考察範圍》，仇小屏著，臺北市：萬卷樓圖書股份有限公司，2006 年 10 月。

27. 《古典詩歌研究彙刊第一輯：詠物與敘事——漢唐禽鳥賦研究》，吳儀鳳著，臺北縣：花木蘭文化出版社，2007 年 3 月。

28. 《古典詩歌研究彙刊第一輯：章法風格析論——以蘇軾詞、姜夔詞為考察對象》，蒲基維著，臺北縣：花木蘭文化出版社，2007 年 3 月。

29. 《詩美學》，李元洛著，臺北市：東大圖書股份有限公司，2007 年 7 月。

30. 《古典詩歌研究彙刊第三輯：杜甫詩之意象研究》，歐麗娟著，臺北縣：花木蘭文化出版社，2008 年 3 月。

31. 《中國詩學〈設計篇〉》，黃永武著，臺北市：巨流圖書股份有限公司，2009 年 9 月。

（四）工具、鑑賞

1. 《唐宋詞鑑賞詞典：南宋遼金卷》，唐圭璋、繆鉞等撰，上海：上海辭書出版社，1988 年 1 月。

2. 《中國歷代詠花詩詞鑑賞辭典》，孫映逵主編，江蘇：江蘇科學技術出版社，1989 年 5 月。

3. 《宋詞大辭典》，張高寬、王玉哲、王連生、孟繁森主編，遼寧省：遼寧人民出版社，1990 年 6 月。

4. 《唐宋詞鑑賞下冊》，唐圭璋等撰寫，臺北市：五南圖書出版有限公司，1991 年 6 月。

5. 《辭源》，臺灣商務印書館編審委員會編，臺北市：臺灣商務印書館，1991 年 6 月。

6. 《宋詞鑑賞辭典》，賀新輝主編，北京市：北京燕山出版社，1991 年 9 月。

7. 《全宋詞精華分類鑑賞集成》，潘百齊主編，南京：河海大學出版社，1991 年 12 月。

8. 《宋詞三百首鑑賞》，楊海明著，高雄市：麗文文化事業股份有限公司，1995 年。

9. 《說文解字注》，漢‧許慎撰、清‧段玉裁注，臺北市：天工書局，1998 年 8 月。

10. 《宋詞大辭典》，王兆鵬、劉尊明主編，南京：鳳凰出版社，2003 年 9 月。

11. 《現代修辭學》，駱小所著，昆明：雲南人民出版社，2004 年 12 月。

12. 《修辭學》，黃慶萱著，臺北市：三民書局股份有限公司，2007 年 1 月。

13. 《修辭學發凡》，陳望道著，上海：復旦大學出版社，2009 年 7 月。

（五）學位論文

1. 《六朝「風格論」之理論與實踐探究》，蔡英俊著，國立臺灣大學中文研究所碩士論文，1980 年 6 月。

2. 《兩宋詠物詞研究》，馬寶蓮著，國立臺灣師範大學國文研究所碩士論文，1983 年。

3. 《南宋遺民詠物詞研究》，陳彩玲著，國立政治大學中國文學研究所碩士論文，1985 年。

4. 《唐詠物詩研究》，盧先志著，私立東吳大學中國文學研究所碩士論文，1986 年 4 月。

5. 《論南宋詞中之寄託》，葉淑麗著，國立中央大學中國文學研究所碩士論文，1991 年 5 月。

6. 《辛稼軒詠物詞研究》，林承坏著，國立臺灣師範大學國文研究所博士論文，1993 年 12 月。

7. 《蘇東坡詠物詞研究》，楊麗玲著，國立臺灣師範大學國文研究所碩士論文，1999 年 6 月。

8. 《宋末三家詠物詞研究》，金永哲著，國立臺灣大學中國文學研究所博士論文，2001 年。

9. 《吳文英詠物詞研究》，普義南著，私立淡江大學中國文學系碩士論文，2002 年。

10. 《黃庭堅詠物詩研究》，李英華著，國立高雄師範大學國文學系碩士論文，2002 年 1 月。

11. 《史達祖詞之研究》，胡靜著，山東師範大學碩士論文，2005 年 4 月。

12. 《史達祖梅溪詞研究》，賴茗惠著，國立彰化師範大學國文研究所國語文教學碩士班碩士論文，2006 年 7 月。

13. 《論史達祖其人其詞》，陳賢著，曲阜師範大學碩士論文，2007 年 4 月。

貳、期刊論文

1. 〈南宋詞家詠物論述〉，張敬，《東吳文史學報》，1977 年 3 月第 2 期，頁 34～53。

2. 〈南宋詞風及辛姜二派詞人〉，廖從雲，《中國國學》，1977 年 4 月第 5 期，頁 191～210。

3. 〈文心雕龍論文學風格〉，沈謙，《古典文學》，1980 年 12 月第 2 期，頁 53～81。

4. 〈淺談宋詞中三個梅花意象——美人姿態、隱者風標、貞士情操〉，顏崑陽，《明道文藝》，1981 年 7 月第 64 期，頁 90～97。

5. 〈史達祖生平及其梅溪詞之特色〉，洪惟助，《幼獅學誌》，1983 年 10 月第 17 卷第 4 期，頁 95～126。

6. 〈詠物詞的聲色——談詠物詞的表現方式〉，徐信義，《中國學術年刊》，1990 年 3 月第 11 期，頁 159～176。

7. 〈南宋詞中所反映之宋季朝政〉，王偉勇，《東吳文史學報》，1992 年 3 月第 10 期，頁 75～94。

8. 〈論詞境美〉，祁光祿，《吉首大學學報》，1994 年第 3 期，頁 44～49。

9. 〈試論宋詞的離合藝術〉，李爭光，《吉安師專學報(哲學社會科學)》，1994 年第 4 期，頁 46～51。

10. 〈論詠物詞的歷史流程與藝術特色〉，方曉紅，《武漢大學學報（哲學社會科學版)》，1994 年第 5 期，頁 108～111。

11. 〈論古代詠梅詩詞的思想內蘊和表達藝術〉，陳宏碩，《武漢教育學院學報（哲學社會科學版)》，1994 年 6 月第 13 卷第 50 期，頁 81～85。

12. 〈宋詞中詩典運用之類型析論〉，曹淑娟，《國立編譯館館刊》，1994 年 12 月第 23 卷第 2 期，頁 119～144。

13. 〈史達祖詞的創作分期與藝術風貌〉，龍建國，《文學遺產》，1995 年第 6 期，頁 54～63。

14. 〈蘇軾與宋代酒文化〉，梁健民，《西北大學學報（哲學社會科學版)》，1995 年第 3 期，頁 73～76。

15. 〈簡論唐代詠物詩發展軌跡〉，蘭甲雲，《中國文學研究》，1995 年第 2 期，頁 67～72。

16. 〈唐代詠物詩發展之輪廓與軌跡〉，胡大浚、蘭甲雲，《煙台大學學報（哲學社會科學版）》，1995 年第 2 期，頁 22～28。

17. 〈兩宋詞人取材唐詩之方法〉，王偉勇，《東吳中文學報》，1995 年 5 月第 1 期，頁 223～258。

18. 〈鄧廷楨的評梅溪詞〉，周克光，《昝陽學刊》，1997 年第 6 期，頁 51～53。

19. 〈論梅溪詞的沉鬱風格〉，張帆，《成都師專學報（文科版）》，1997 年第 2 期，頁 38～42。

20. 〈《白雨齋詞話》「沉鬱」術語釋義及「沉鬱說」在詞「本質論」上的意義〉，侯雅文，《國立中央大學中國文學研究所論文集刊》，1997 年 5 月第 4 期，頁 77～94。

21. 〈梅花意象及其象徵意義的發生〉，程杰，《南京師大學報（社會科學版）》，1998 年第 4 期，頁 112～118。

22. 〈論「詞則比興多於賦」〉，黃敏，《贛南師範學院學報》，1998 年第 2 期，頁 66～69。

23. 〈比興寄託說在宋代詞論中的生成與演化〉，段學儉，《中國韻文學刊》，1998 年 1 月，頁 72～78。

24. 〈論宋人詠物詞的審美範式〉，吳帆，《長白學刊》，1998 年 3 月，頁 93～96。

25. 〈論漢代詠物賦〉，章滄授，《安慶師院社會科學學報》，1998 年 10 月第 17 卷第 4 期，頁 97～101。

26. 〈史達祖詞論稿〉，余方，《四川大學學報（哲學社會科學版）》，1999 年，頁 20～25。

27. 〈略論夢與中國古代文學〉，王立，《貴州社會科學》，1999 年第 4 期，頁 74～80。

28. 〈論六朝詠物賦之繁榮〉，于浴賢，《漳州師院學報》，1999 年第 3 期，頁 9～16。

29. 〈宋詞中的水意象〉，朱映蘭，《語文月刊》，1999 年第 10 期，頁 9～11。

30. 〈本世紀唐宋詞研究的定量分析〉，劉尊明、王兆鵬，《湖北大學學報（哲學社會科學版）》，1999 年 9 月第 26 卷第 5 期，頁 10～14。

31. 〈論宋代「以詩為詞」現象及其在中國文學史論上的意義〉，顏崑陽，《東華人文學報》，2000 年第 2 期，頁 33～68。

32. 〈史達祖接受史初探〉，譚新紅，《中國韻文學刊》，2000 年第 2 期，頁 57～61。

33. 〈兩宋詠物詞的審美特徵〉，周晴，《曲靖師專學報》，2000 年 7 月第 19 卷第 4 期，頁 43～44。

34. 〈遵四時以嘆逝 瞻萬物而思紛──淺談宋詠物詞形神兼備手法〉，鹿寧、趙參軍，《甘肅教育學院學報（社會科學版）》，2001 年第 17 卷，頁 51～53。

35. 〈試析史達祖梅溪之號的來歷〉，王步高，《江海學刊》，2001 年第 2 期，頁 157～159。

36. 〈論宋代詠物詞興盛的原因〉，許伯卿，《古今藝文》，2002 年第 29 卷第 1 期，頁 25～31。

37. 〈宋代詠物詞的發展脈絡〉，許伯卿，《南京師大學報（社會科學版）》，2002 年 1 月第 1 期，頁 141～147。

38. 〈詩歌「詠物寄託」之探討〉，馬美娟，《南台科技大學學報》，2002 年 3 月第 26 期，頁 97～116。

39. 〈論詠物詞創新的前提〉，許伯卿，《蘇州大學學報（哲學社會科學版）》，2002 年 7 月第 3 期，頁 49～55。

40. 〈宋代詠物詞的創作姿態〉，路成文，《南京師範大學文學院學報》，2002 年 12 月第 4 期，頁 37～44。

41. 〈論詠物詩在齊梁間的演進〉，林大志，《河北大學學報（哲學社會科學版）》，2003 年第 28 卷第 1 期，頁 42～45。

42. 〈詠物詞的界定及宋代詠物詞的淵源〉，許伯卿，《南陽師範學院學報》，2003 年第 2 卷第 2 期，頁 60～64。

43. 〈古典詞的主題與技巧──以唐宋詞為論述核心〉，王偉勇，《國文天地》，2003 年 2 月 18 卷 9 期，頁 28～43。

44. 〈談章法結構的節奏與韻律〉，陳滿銘，《國文天地》，2003 年 2 月第 18 卷第 10 期，頁 85～90。

45. 〈宋代婉約、豪放二詞派作品題材構成分析〉，許伯卿，《江海季刊》，2003 年 3 月，頁 175～178。

46. 〈宋代詠物詞的題材構成〉，許伯卿，《南陽師範學院學報（社會科學版）》，2003 年 5 月第 2 卷第 5 期，頁 49～55。

47. 〈論王安石的詠物詩〉，劉成國，《中國海洋大學學報（社會科學版）》，2004 年第 4 期，頁 45～48。

48. 〈中國古代詠物詩概念界說〉，于志鵬，《濟南大學學報》，2004 年第 14 卷第 2 期，頁 49～53。

49. 〈從意象看辭章之內容成分〉，陳滿銘，《國文天地》，2004 年 1 月第 19 卷第 8 期，頁 93～98。

50. 〈論思想文化轉型下的「雅」、「俗」矛盾及其對宋詞題材構成的影響〉，許伯卿，《古今藝文》，2004 年 8 月第 30 卷第 4 期，頁 4～18。

51. 〈史達祖夢詞初探〉，任靖宇，《河北廣播電視大學學報》，2004 年 9 月第 9 卷第 3 期，頁 20～22。

52. 〈論宋代詠物詞之發展〉，黃雅莉，《國立新竹師範學院語文學報》，2004 年 12 月第 11 期，頁 131～162。

53. 〈論唐宋詞題材的雅化〉，顏震，《黔東南民族師範高等專科學校學報》，2005 年 2 月第 23 卷第 1 期，頁 56～57。

54. 〈梅溪詠物詞論〉，路成文，《湖北大學學報（哲學社會科學版）》，2005 年 3 月第 32 卷第 2 期，頁 183～187。

55. 〈辭章意象論〉，陳滿銘，《師大學報：人文與社會類》，2005 年 4 月第 50 卷第 1 期，頁 17～39。

56. 〈南朝詠物詩發展演變及其動因初探〉，沈文凡、費可陽，《貴州大學學報》，2005 年 5 月第 23 卷第 3 期，頁 119～121。

57. 〈宋代詠物詞概覽〉，路成文，《湖北大學成人教育學院學報》，2005 年 6 月第 23 卷第 4 期，頁 9～13。

58. 〈不同歷史時期宋詞題材構成比較〉，許伯卿，《南陽師範學院學報（社會科學版）》，2005 年 7 月第 4 卷第 7 期，頁 55～58。

59. 〈從情與物之關係看漢代詠物賦的嬗變〉，吳從祥，《青海民族學院學報（社會科學版）》，2005 年 7 月第 31 卷第 3 期，頁 117～120。

60. 〈史達祖的悼亡詞〉，房日晰、房向莉，《渭南師範學院學報》，2005 年 11 月第 20 卷第 6 期，頁 31～32。

61. 〈梅溪詞反襯手法的成功運用〉，段春楊、劉佳宏，《長春工程學院學報（社會科學版）》，2006 年第 7 卷第 1 期，頁 67～68。

62. 〈燕雙飛，人獨影──論北宋詞裡的「雙燕」意象〉，張麗珍、蘇燕婷，《2006 詞學國際學術研討會論文集》，2006 年，頁 287～302。

63. 〈論宋詞題材演進的新型南方文化背景〉，許伯卿，《古今藝文》，2006 年 2 月第 32 卷第 2 期，頁 21～32。

64. 〈談史達祖詞中的對偶〉，房日晰、房向莉，《陝西師範大學繼續教育學報（西安）》，2006 年 3 月第 23 卷第 1 期，頁 67～68。

65. 〈詞體「領字」之義界與運用〉，王偉勇、趙福勇，《成大中文學報》，2006 年 6 月第 14 期，頁 105～138。

66. 〈屈原：中國古代詠物詩的開山之祖〉，于志鵬，《中國石油大學學報（社會科學版）》，2006 年 6 月第 22 卷第 3 期，頁 85～88。

67. 〈近二十年的史達祖研究〉，婁甦芳，《和田師範專科學校學報》，2006

年 7 月第 26 卷第 2 期，頁 93～94。

68. 〈奇秀清逸：梅溪詞的主體風格〉，劉薇，《安慶師範學院學報（社會科學版）》，2006 年 7 月第 25 卷第 4 期，頁 74～78。

69. 〈忠於其國，繆於其身——評史達祖〉，陳賢，《現代語文》，2006 年 10 月，頁 20～21。

70. 〈論史達祖的北行詞〉，李梅，《上饒師範學院學報》，2006 年 10 月第 26 卷第 5 期，頁 55～59。

71. 〈試論詠物詩的起源〉，楊風琴，《寧波大學學報（人文科學版）》，2006 年 11 月第 19 卷第 6 期，頁 37～40。

72. 〈我是誰——宋代詠物詞中四種物我關係〉，黃培，《學苑漫錄》，2006 年 12 月，頁 84～88。

73. 〈論文學的風格的形成〉，黃雅莉，《國立新竹教育大學語文學報》，2006 年 12 月第 13 期，頁 29～51

74. 〈情韻與理趣——論唐宋詩之別〉，伍微微，《貴州大學學報（社會科學版）》，2007 年 3 月第 25 卷第 2 期，頁 67～72。

75. 〈論周邦彥與南宋詞人〉，王輝斌，《江漢大學學報（人文科學版）》，2007 年 4 月第 26 卷第 2 期，頁 83～86。

76. 〈論梅溪詠物詞與清眞、白石詠物詞的關係〉，萬靜，《鄭州大學學報（哲學社會科學版）》，2007 年 5 月第 40 卷第 3 期，頁 137～140。

77. 〈譜寫人與自然的和諧詩篇——論唐代詠物詩的和諧美〉，康瑾娟，《文藝論叢》，2007 年 5 月第 3 期，頁 180～183。

78. 〈史達祖詞情感分析〉，李艾國，《揚州教育學院學報》，2007 年 6 月第 25 卷第 2 期，頁 29～33。

79. 〈兩宋詠物聯章詞的情感内涵與審美特徵〉，康瑾娟、張學忠，《西北大學學報（哲學社會科學版）》，2007 年 9 月第 37 卷第 5 期，頁 93～96。

80. 〈意象互動論——以「一意多象」與「一象多意」爲考察範圍〉，陳滿銘，《文與哲》，2007 年 12 月第 11 期，頁 453～480。

81. 〈唐宋「國花」意象與中國文化精神〉，王瑩，《文學評論》，2008 年第 6 期，頁 61～71。

82. 〈詠物形式的流變〉，韓海霞，《齊齊哈爾師範高等專科學校學報》，2008 年第 1 期，頁 64～66。

83. 〈古代詠物詩探源〉，趙紅菊，《語文學刊》，2008 年第 1 期，頁 63～65。

84. 〈異曲同工 各臻佳境——史達祖與王沂孫的詠物詞之比較〉，張麗

華，《語文學刊》，2008 年第 1 期，頁 52～54。

85. 〈辭賦：詠物興起的契機〉，郇巔，《中南林業科技大學學報（社會科學版）》，2008 年 1 月第 2 卷第 1 期，頁 115～117。

86. 〈史達祖研究百年述論〉，焦印亭，《中州學刊》，2008 年 3 月第 2 期，頁 207～210。

87. 〈論意象連結之媒介〉，陳佳君，《中國學術年刊》，2008 年 3 月第 30 期，頁 227～254。

88. 〈論「史梅溪之句法」〉，黃正紅，《宿州教育學院學報》，2008 年 4 月第 11 卷第 2 期，頁 85～87。

89. 〈詠物詞：一個難以窮盡的詮釋物件〉，李劍亮，《古今藝文》，2008 年 5 月第 34 卷第 3 期，頁 4～16。

90. 〈論意象組合與章法結構〉，陳滿銘，《國文學報》，2008 年 6 月第 43 期，頁 233～262。

91. 〈論意象之組合方式—— 承續與層遞〉，陳滿銘，《國文天地》，2008 年 8 月第 24 卷第 3 期，頁 29～33。

92. 〈論宋代詠物詞創作的寄託手法〉，陳中林、徐勝利，《鄂州大學學報》，2008 年 11 月第 15 卷第 6 期，頁 53～55。

93. 〈文學三要素與宋南渡詞人研究〉，黃文吉，《國文天地》，2009 年 2 月第 24 卷第 9 期，頁 16～20。

94. 〈論意象之組合方式—— 對比與反諷〉，陳滿銘，《國文天地》，2009 年 3 月第 24 卷第 10 期，頁 4～9。

95. 〈中唐後期詠物詩的詠物意識及其態勢特徵〉，彭小廬，《宜春學院學報》，2009 年 6 月第 31 卷第 3 期，頁 134～136。

附錄：歷代詞選集選入史達祖
詠物詞統計表

表一：宋代選本

歷代詞選集	1	2	3	4
	《草堂詩餘》〔註1〕	《陽春白雪》〔註2〕	《中興以來絕妙詞選》〔註3〕	《絕妙好詞箋》〔註4〕
編者 / 詞調	宋‧不著輯人	宋‧趙聞禮	宋‧黃昇	宋‧周密
1.綺羅香（做冷欺花）	V	V	V	V
2.雙雙燕（過春社了）	V	V	V	V
3.海棠春令（似紅如白含芳意）				

〔註1〕 宋‧不著輯人、明‧楊慎批點：《草堂詩餘》，收入《叢書集成續編‧第205冊》（臺北市：新文豐出版公司，1989年）。
〔註2〕 宋‧趙聞禮編：《陽春白雪》（臺北縣：藝文書局，1966年）。
〔註3〕 宋‧黃昇輯：《中興以來絕妙詞選》（北京：北京圖書出版社，2004年10月）。
〔註4〕 宋‧周密編、清‧查爲仁、厲鶚箋：《絕妙好詞箋》（臺北市：世界書局，1956年2月）。

	1	2	3	4
歷代詞選集	《草堂詩餘》〔註1〕	《陽春白雪》〔註2〕	《中興以來絕妙詞選》〔註3〕	《絕妙好詞箋》〔註4〕
詞調 ╲ 編者	宋・不著輯人	宋・趙聞禮	宋・黃昇	宋・周密
4.東風第一枝（巧沁蘭心）		V	V	V
5.玉樓春（玉容寂寞誰爲主）			V	
6.祝英台近（縮流蘇）				
7.西江月（三十六宮月冷）				
8.桃源憶故人（明霞烘透春機杼）				
9.菩薩蠻（唐昌觀里東風軟）				
10.菩薩蠻（廣寒夜搗玄霜細）				
11.夜合花（冷截龍腰）				
12.留春令（秀肌豐靨）				
13.留春令（故人溪上）				
14.瑞鶴仙（館娃春睡起）			V	
15.蘭陵王（漢江側）				
16.風入松（素馨枓蕚太寒生）				

	1	2	3	4
歷代詞選集	《草堂詩餘》〔註1〕	《陽春白雪》〔註2〕	《中興以來絕妙詞選》〔註3〕	《絕妙好詞箋》〔註4〕
編者　　詞調	宋・不著輯人	宋・趙聞禮	宋・黃昇	宋・周密
17.隔浦蓮（洛神一醉未醒）				
18.齊天樂（秋風早入潘郎鬢）				
19.齊天樂（犀紋隱隱鶯黃嫩）				
20.月當廳（白璧舊帶秦城夢）				
21.滿江紅（萬水歸陰）				
22.惜奴嬌（相剝酥痕）				
23.龍吟曲（夢回虛白初生）				
24.龍吟曲（夜寒幽夢飛來）				
25.換巢鸞鳳（人若梅嬌）			V	
26.醉公子（神仙無膏澤）				
合計	二首	三首	六首	三首

表二：明代選本

歷代詞選集	1	2	3
	《古今詞統》〔註5〕	《古今詩餘醉》〔註6〕	《花草粹編》〔註7〕
編者　詞調	明・卓人月	明・潘游龍	明・陳耀文
1.綺羅香（做冷欺花）	V	V	V
2.雙雙燕（過春社了）	V	V	V
3.海棠春令（似紅如白含芳意）			V
4.東風第一枝（巧沁蘭心）	V	V	V
5.玉樓春（玉容寂寞誰為主）			
6.祝英台近（縋流蘇）			
7.西江月（三十六宮月冷）			
8.桃源憶故人（明霞烘透春機杼）			
9.菩薩蠻（唐昌觀里東風軟）	V		
10.菩薩蠻（廣寒夜搗玄霜細）			
11.夜合花（冷截龍腰）			V
12.留春令（秀肌豐鬙）			
13.留春令（故人溪上）			
14.瑞鶴仙（館娃春睡起）			V
15.蘭陵王（漢江側）			

〔註 5〕 明・卓人月編：《古今詞統》（明崇禎間刊本，1628 年）。
〔註 6〕 明・潘游龍編：《古今詩餘醉》（明崇禎丁丑海陽胡氏十竹齋刊本，1637 年）。
〔註 7〕 明・陳耀文輯：《花草粹編》（明萬曆刊本，1933 年）。

歷代詞選集	1	2	3
	《古今詞統》〔註5〕	《古今詩餘醉》〔註6〕	《花草粹編》〔註7〕
編者 詞調	明・卓人月	明・潘游龍	明・陳耀文
16.風入松（素馨栅萼太寒生）			
17.隔浦蓮（洛神一醉未醒）			
18.齊天樂（秋風早入潘郎鬢）			V
19.齊天樂（犀紋隱隱鴛鴦嫩）			
20.月當廳（白璧舊帶秦城夢）			V
21.滿江紅（萬水歸陰）			
22.惜奴嬌（相剝酥痕）			V
23.龍吟曲（夢回虛白初生）			V
24.龍吟曲（夜寒幽夢飛來）			V
25.換巢鸞鳳（人若梅嬌）	V	V	V
26.醉公子（神仙無膏澤）			
合計	五首	四首	十二首

表三：清代選本

歷代詞選集	1 《歷代詩餘》〔註8〕	2 《宋七家詞選》〔註9〕	3 《詞林紀事》〔註10〕	4 《詞潔》〔註11〕
編者 詞調	清・沈長垣	清・戈載	清・張宗櫞	清・程洪
1.綺羅香（做冷欺花）	V	V	V	V
2.雙雙燕（過春社了）	V		V	V
3.海棠春令（似紅如白含芳意）				
4.東風第一枝（巧沁蘭心）	V	V	V	V
5.玉樓春（玉容寂寞誰為主）	V	V		
6.祝英台近（縮流蘇）	V			
7.西江月（三十六宮月冷）				
8.桃源憶故人（明霞烘透春機杼）	V			
9.菩薩蠻（唐昌觀里東風軟）				
10.菩薩蠻（廣寒夜搗玄霜細）				

〔註8〕 清・沈辰垣編：《歷代詩餘》（清文淵閣四庫全書本，2008年）。

〔註9〕 清・戈載輯、清・杜文瀾校注：《宋七家詞選》（臺北市：河洛圖書出版社，1978年5月）。

〔註10〕 清・張宗櫞輯、楊家駱主編：《詞林紀事》（臺北縣：鼎文書局，1971年3月）

〔註11〕 清・先著、清・程洪輯：《詞潔》（保定：河北大學出版社，2007年9月）。

	1	2	3	4
歷代詞選集	《歷代詩餘》〔註8〕	《宋七家詞選》〔註9〕	《詞林紀事》〔註10〕	《詞潔》〔註11〕
詞調　　　　編者	清・沈長垣	清・戈載	清・張宗橚	清・程洪
11.夜合花（冷截龍腰）	V			
12.留春令（秀肌豐靨）				
13.留春令（故人溪上）	V			
14.瑞鶴仙（館娃春睡起）	V	V		
15.蘭陵王（漢江側）		V		
16.風入松（素馨柟荸太寒生）	V			
17.隔浦蓮（洛神一醉未醒）	V			
18.齊天樂（秋風早入潘郎鬢）	V			
19.齊天樂（犀紋隱隱鶯黃嫩）	V			
20.月當廳（白璧舊帶秦城夢）	V	V		
21.滿江紅（萬水歸陰）	V			
22.惜奴嬌（相剝酥痕）	V			
23.龍吟曲（夢回虛白初生）	V			
24.龍吟曲（夜寒幽夢飛來）	V			
25.換巢鸞鳳（人若梅嬌）	V	V		

歷代詞選集	1 《歷代詩餘》〔註8〕	2 《宋七家詞選》〔註9〕	3 《詞林紀事》〔註10〕	4 《詞潔》〔註11〕
詞調　　　編者	清・沈長垣	清・戈載	清・張宗橚	清・程洪
26.醉公子（神仙無膏澤）	V			
合計	二十首	七首	三首	三首

歷代詞選集	5 《詞選/續詞選》〔註12〕	6 《詞綜》〔註13〕	7 《宋四家詞選箋》〔註14〕	8 《歷朝名人詞選》〔註15〕
詞調　　　編者	清・張惠言　清・董子遠	清・朱彝尊	清・周濟	清・夏秉衡
1.綺羅香（做冷欺花）	V	V		V
2.雙雙燕（過春社了）	V	V	V	V
3.海棠春令（似紅如白含芳意）				
4.東風第一枝（巧沁蘭心）	V	V		
5.玉樓春（玉容寂寞誰爲主）		V		
6.祝英台近（縐流蘇）				
7.西江月（三十六宮月冷）				

〔註12〕清・張惠言錄、清・董子遠續錄：《詞選/續詞選》（臺北市：廣文書局有限公司，1970 年 1 月）。

〔註13〕清・朱彝尊纂：《詞綜》（鄭州：中州古籍出版社，1990 年 11 月）。

〔註14〕清・周濟輯、鄺利安箋注：《宋四家詞選箋》（臺北市：臺灣中華書局，1971 年 1 月）。

〔註15〕清・夏秉衡撰：《歷朝名人詞選》（臺北市：西南書局有限公司，1973 年 3 月）。

	5	6	7	8
歷代詞選集	《詞選/續詞選》〔註12〕	《詞綜》〔註13〕	《宋四家詞選箋》〔註14〕	《歷朝名人詞選》〔註15〕
編者　　詞調	清·張惠言　清·董子遠	清·朱彝尊	清·周濟	清·夏秉衡
8.桃源憶故人（明霞烘透春機杼）				
9.菩薩蠻（唐昌觀里東風軟）				
10.菩薩蠻（廣寒夜搗玄霜細）				
11.夜合花（冷截龍腰）				
12.留春令（秀肌豐靨）				
13.留春令（故人溪上）				
14.瑞鶴仙（館娃春睡起）				
15.蘭陵王（漢江側）				
16.風入松（素馨树萼太寒生）				
17.隔浦蓮（洛神一醉未醒）				
18.齊天樂（秋風早入潘郎鬢）		V		V
19.齊天樂（犀紋隱隱鶩黃嫩）		V		
20.月當廳（白璧舊帶秦城夢）				
21.滿江紅（萬水歸陰）				
22.惜奴嬌（相剝酥痕）				

	5	6	7	8
歷代詞選集	《詞選/續詞選》〔註12〕	《詞綜》〔註13〕	《宋四家詞選箋》〔註14〕	《歷朝名人詞選》〔註15〕
編者 ／ 詞調	清·張惠言 清·董子遠	清·朱彝尊	清·周濟	清·夏秉衡
23.龍吟曲（夢回虛白初生）				
24.龍吟曲（夜寒幽夢飛來）				
25.換巢鸞鳳（人若梅嬌）				V
26.醉公子（神仙無膏澤）				
合計	三首	六首	一首	四首

	9	10
歷代詞選集	《宋詞三百首箋注》〔註16〕	《古今詞選》〔註17〕
編者 ／ 詞調	清·朱祖謀	清·沈時棟
1.綺羅香（做冷欺花）	V	V
2.雙雙燕（過春社了）	V	V
3.海棠春令（似紅如白含芳意）		
4.東風第一枝（巧沁蘭心）	V	V
5.玉樓春（玉容寂寞誰爲主）		
6.祝英台近（縋流蘇）		

〔註16〕清·朱祖謀選輯、唐圭璋箋注：《宋詞三百首箋注》（臺北縣：漢京文化事業有限公司，1983 年 6 月）。

〔註17〕清·沈時棟選：《古今詞選》（臺北市：臺灣東方書店，1956 年 5 月）。

歷代詞選集	9	10
編者 詞調	《宋詞三百首箋注》〔註16〕 清·朱祖謀	《古今詞選》〔註17〕 清·沈時棟
7.西江月（三十六宮月冷）		
8.桃源憶故人（明霞烘透春機杼）		
9.菩薩蠻（唐昌觀里東風軟）		
10.菩薩蠻（廣寒夜搗玄霜細）		
11.夜合花（冷截龍腰）		
12.留春令（秀肌豐饁）		
13.留春令（故人溪上）		
14.瑞鶴仙（館娃春睡起）		
15.蘭陵王（漢江側）		
16.風入松（素馨栬蕚太寒生）		
17.隔浦蓮（洛神一醉未醒）		
18.齊天樂（秋風早入潘郎鬢）		
19.齊天樂（犀紋隱隱鴛黃嫩）		V
20.月當廳（白璧舊帶秦城夢）		
21.滿江紅（萬水歸陰）		

歷代詞選集　　　　編者 詞調	9 《宋詞三百首箋注》〔註16〕 清・朱祖謀	10 《古今詞選》〔註17〕 清・沈時棟
22.惜奴嬌（相剝酥痕）		
23.龍吟曲（夢回虛白初生）		
24.龍吟曲（夜寒幽夢飛來）		
25.換巢鸞鳳（人若梅嬌）		V
26.醉公子（神仙無膏澤）		
合計	三首	五首

表四：民國選本

歷代詞選集	1	2	3	4
	《胡適選註的詞選》〔註18〕	《宋詞舉》〔註19〕	《唐宋名家詞選》〔註20〕	《唐五代兩宋詞選釋》〔註21〕
編者 / 詞調	民國・胡適	民國・陳匪石	民國・龍沐勛	民國・俞陛雲
1.綺羅香（做冷欺花）			V	V
2.雙雙燕（過春社了）	V	V	V	V
3.海棠春令（似紅如白含芳意）				
4.東風第一枝（巧沁蘭心）				V
5.玉樓春（玉容寂寞誰為主）				
6.祝英台近（綰流蘇）				
7.西江月（三十六宮月冷）				
8.桃源憶故人（明霞烘透春機杼）				

〔註18〕 胡適著：《胡適選註的詞選》（臺北市：遠流出版事業股份有限公司，1986 年 5 月）。

〔註19〕 陳匪石編著：《宋詞舉》（臺北市：正中書局，1983 年 1 月）。

〔註20〕 龍沐勛編選、卓清芬注說：《唐宋名家詞選》（臺北市：里仁書局，2007 年 10 月）。

〔註21〕 俞陛雲撰：《唐五代兩宋詞選釋》（臺北市：文史哲出版社，1988 年 7 月）。

	1	2	3	4
歷代詞選集	《胡適選註的詞選》〔註18〕	《宋詞舉》〔註19〕	《唐宋名家詞選》〔註20〕	《唐五代兩宋詞選釋》〔註21〕
⟍ 編者 詞調	民國·胡適	民國·陳匪石	民國·龍沐勛	民國·俞陛雲
9.菩薩蠻（唐昌觀里東風軟）				
10.菩薩蠻（廣寒夜搗玄霜細）				
11.夜合花（冷截龍腰）				
12.留春令（秀肌豐靨）				
13.留春令（故人溪上）				
14.瑞鶴仙（館娃春睡起）				
15.蘭陵王（漢江側）				
16.風入松（素馨村莩太寒生）				
17.隔浦蓮（洛神一醉未醒）				
18.齊天樂（秋風早入潘郎鬢）				V
19.齊天樂（犀紋隱隱鴛黃嫩）				V

歷代詞選集	1	2	3	4
	《胡適選註的詞選》〔註18〕	《宋詞舉》〔註19〕	《唐宋名家詞選》〔註20〕	《唐五代兩宋詞選釋》〔註21〕
詞調　　　編者	民國・胡適	民國・陳匪石	民國・龍沐勛	民國・俞陛雲
20.月當廳（白璧舊帶秦城夢）				
21.滿江紅（萬水歸陰）				
22.惜奴嬌（相剝酥痕）				
23.龍吟曲（夢回虛白初生）				
24.龍吟曲（夜寒幽夢飛來）				
25.換巢鸞鳳（人若梅嬌）				
26.醉公子（神仙無膏澤）				
合計	一首	一首	二首	五首

歷代詞選集	5《宋詞選》〔註22〕	6《唐宋詞選》〔註23〕	7《唐宋詞選註》〔註24〕	8《歷代詞選注》〔註25〕
編者 詞調	民國・胡雲翼	民國・夏承燾 民國・盛弢青	民國・張夢機 民國・張子良	民國・閔宗述
1.綺羅香（做冷欺花）	V	V	V	V
2.雙雙燕（過春社了）	V	V	V	V
3.海棠春令（似紅如白含芳意）				
4.東風第一枝（巧沁蘭心）			V	
5.玉樓春（玉容寂寞誰爲主）				
6.祝英台近（縮流蘇）				
7.西江月（三十六宮月冷）				
8.桃源憶故人（明霞烘透春機杼）				
9.菩薩蠻（唐昌觀里東風軟）				
10.菩薩蠻（廣寒夜搗玄霜細）				

〔註22〕 胡雲翼選注：《宋詞選》（香港：中華書局，1986 年 3 月）。

〔註23〕 夏承燾、盛弢青選注：《唐宋詞選》（北京：中國青年出版社，1962年 6 月）。

〔註24〕 張夢機、張子良編著：《唐宋詞選註》（臺北市：華正書局，2000 年10 月）。

〔註25〕 閔宗述、劉紀華、耿相沅選注：《歷代詞選注》（臺北市：里仁書局，2004 年 9 月）。

歷代詞選集	5	6	7	8
	《宋詞選》〔註22〕	《唐宋詞選》〔註23〕	《唐宋詞選註》〔註24〕	《歷代詞選注》〔註25〕
編者 / 詞調	民國·胡雲翼	民國·夏承燾 民國·盛弢青	民國·張夢機 民國·張子良	民國·閔宗述
11.夜合花（冷截龍腰）				
12.留春令（秀肌豐䶵）				
13.留春令（故人溪上）				
14.瑞鶴仙（館娃春睡起）				
15.蘭陵王（漢江側）				
16.風入松（素馨村蓴太寒生）				
17.隔浦蓮（洛神一醉未醒）				
18.齊天樂（秋風早入潘郎鬢）				
19.齊天樂（犀紋隱隱鶯黃嫩）				
20.月當廳（白璧舊帶秦城夢）				
21.滿江紅（萬水歸陰）				
22.惜奴嬌（相剝酥痕）				

	5	6	7	8
歷代詞選集	《宋詞選》〔註22〕	《唐宋詞選》〔註23〕	《唐宋詞選註》〔註24〕	《歷代詞選注》〔註25〕
編者 詞調	民國·胡雲翼	民國·夏承燾 民國·盛弢青	民國·張夢機 民國·張子良	民國·閔宗述
23.龍吟曲（夢回虛白初生）				
24.龍吟曲（夜寒幽夢飛來）				
25.換巢鸞鳳（人若梅嬌）				
26.醉公子（神仙無膏澤）				
合計	二首	二首	三首	二首

	9
歷代詞選集	《唐宋詞簡釋》〔註26〕
編者＼詞調	民國・唐圭璋
1.綺羅香（做冷欺花）	V
2.雙雙燕（過春社了）	V
3.海棠春令（似紅如白含芳意）	
4.東風第一枝（巧沁蘭心）	
5.玉樓春（玉容寂寞誰為主）	
6.祝英台近（綰流蘇）	
7.西江月（三十六宮月冷）	
8.桃源憶故人（明霞烘透春機杼）	
9.菩薩蠻（唐昌觀里東風軟）	
10.菩薩蠻（廣寒夜搗玄霜細）	
11.夜合花（冷截龍腰）	

[註26] 唐圭璋選釋：《唐宋詞簡釋》（臺北市：木鐸出版社，1982 年 3 月）。

	9
歷代詞選集	《唐宋詞簡釋》〔註26〕
編者 詞調	民國・唐圭璋
12.留春令（秀肌豐靨）	
13.留春令（故人溪上）	
14.瑞鶴仙（館娃春睡起）	
15.蘭陵王（漢江側）	
16.風入松（素馨桁萼太寒生）	
17.隔浦蓮（洛神一醉未醒）	
18.齊天樂（秋風早入潘郎鬢）	
19.齊天樂（犀紋隱隱鶯黃嫩）	
20.月當廳（白璧舊帶秦城夢）	
21.滿江紅（萬水歸陰）	
22.惜奴嬌（相剝酥痕）	

	9
歷代詞選集	《唐宋詞簡釋》〔註26〕
編者 詞調	民國・唐圭璋
23.龍吟曲（夢回虛白初生）	
24.龍吟曲（夜寒幽夢飛來）	
25.換巢鸞鳳（人若梅嬌）	
26.醉公子（神仙無膏澤）	
合計	二首